ベリーズ文庫

冷血御曹司に
痺れるほど甘く抱かれる執愛婚
【財閥御曹司シリーズ西園寺家編】

玉紀直

STARTS
スターツ出版株式会社

目次

冷血御曹司に
痺れるほど甘く抱かれる執愛婚
【財閥御曹司シリーズ西園寺家編】

プロローグ

「君の選択肢は三つある」

――綺麗な指。

自分が置かれた状況を考えれば、そんなことを思ってぼんやりしている場合ではない。

それでも、小笠原澪《おがさわらみお》の思考は現実逃避をするように、目の前で立てられた三本の指に集中した。

先ほどからこちらに向かって不敵な笑みを浮かべている彼――西園寺魁成《さいおんじかいせい》は、指だけではなく顔も見た目も完成された、とても美しい三十二歳の男性だ。

女性的という意味ではなく、男性的な魅力に満ちあふれていて、それでいて美しさを感じさせる。澪が二十六年間生きてきた中で、初めて見惚《みと》れた異性だった。

そんな男性と高級ホテルのスイートルームでふたりきり。普通ならばロマンティックなシチュエーションを期待するのかもしれない。

しかし今の澪には、そんな心の余裕はない。現実逃避をしている場合ではないのだ。

現実を見なければ。

澪は彼と〝取引〟をしにきたのだから。

「ひとつ」

三本の指が一本になる。豪華な応接セットの肘掛椅子に座る魁成は、三つ揃えのトラウザーズに包まれた長い脚を軽く組み、片腕を肘置きに据え、ゆったりと寛ぎながら形のいい唇を微かに微笑ませる。

「君の身に起きた不運をこのまま受け入れ、一族とともに悲観に暮れながら人生を終えるか……」

この秀麗な微笑みと低音の美声から出たとは思えない恐ろしい言葉だ。いつもの澪ならば、取引の場で侮辱と取れる扱いを受ければビシッとひと言注意ができるのに。

彼の迫力に押されているせいか、今は、それさえもできない。

「ふたつ」

指が二本になる。真っ直ぐに伸びた人差し指の横に添えられる中指。母によく似たマイペースで楽観的な妹が「指を二本立てるとピースをしているみたい」と笑っていた顔が頭をよぎる。が、彼の指が形作るそれは遊び心などとは無縁だ。

「顔を合わせれば発情した獣のような目で君を見る失礼極まりない成金男に、身体の関係と引き換えに援助してもらうか」

言葉の途中に含み笑いが混じっていたように思う。昨日、その〝成金男〟とトラブルがあった場面を見られているのもあって、言い返せない。

「みっつ」

薬指が他の二本に添えられる。最後の選択肢だ。無意識にごくりと乾いた空気を呑んでいた。

次の言葉を出そうとした魁成が、口を開いたまま無言でひと呼吸置く。不意に、秀麗な表情が狡猾さを孕《はら》んだ。

「君自身や小笠原一族を救うために、西園寺財閥次期総帥である俺と、結婚する」

澪は驚きを隠せないまま、思わずソファから立ち上がる。意外すぎる提案に言葉が出ない。

そんな澪の反応が楽しいのか、魁成は今まで選択肢を示していた手を口元にあてて小さく笑う。肩を揺らし、笑いを噛み殺した様子で再びこちらを見据えてきた。

「そんなに驚かなくてもいい。俺の年齢を知っているか？　三十二歳だ。妻を持ってもおかしくない」

「それは、そうですが。なぜわたしに、そのようなお話をされるのでしょう」

「不思議か？」

「はい」

世界的に名の知れた大財閥、その次期総帥である西園寺魁成。作りものかと見間違えるほどの洗練された容姿を持つ男性で、彼に近付きたい女性は数知れず。

持ち込まれる大企業の社長令嬢や官僚息女からの縁談打診に見向きもせず、仕事以外には興味のない人物だと聞いている。

彼と顔を合わせるのはこれが二度目。成金男とのトラブルから助けてもらった時、彼に失礼を働いてしまった。それを詫びなければと思っていたところに「取引をしたい」との連絡があり、指定されたこの場所に連れてこられた。

「もしかして、昨日の失礼を許す代わりとか、そういった意味なのでしょうか」

おそるおそる尋ねると、魁成はまぶたをわずかに落として考える。

「ああ、俺に向かって『人の心がないのか』と言ったことか？」

「は、はい」

改めて言われると冷や汗が出る。あの時はいろいろ混乱していて、かなり考えなしに物を言ってしまった。

「確かに面と向かってあんなことを言われたのは生まれて初めてだが……別に気には

していない」

軽く笑いながら立ち上がり、魁成はソファへ移動する。

「先ほどの質問に答えよう。なぜ君に三つ目を提案したか。簡単に言えば、君は血筋がいい」

立ち竦む澪のかたわらに腰を下ろし、彼は言葉を続けた。

「は？」

わけがわからないという声を出して、澪は魁成を見る。彼は顔を前に向け、澪には視線もくれず話をしていた。

「元武家華族、子爵家系で貴族議員だった由緒正しい流れを汲む小笠原家。その本家長女、小笠原澪。優秀な成績で一流大学を卒業後、代々続いた老舗企業『小笠原商事』の秘書課に従事。贔屓《ひいき》目抜きに仕事ができるやり手秘書だと有名らしいね」

「……優秀でもやり手でもないです」

なぜそんな細かく知っているのだろう。動揺するあまり、一瞬言葉に困ってしまった。

前を見たまま、魁成はふっと口角を歪める。

彼の表情が理由を物語ってくれた気がする。知っていて当然なのだ。おそらく、魁成が知りたいと思って手に入らない情報など存在しない。

「非の打ちどころがない、完璧な血筋。そして自立した素晴らしい女性。おまけに」

やっと魁成の顔がこちらを向く。不敵な表情が瞬時に温厚な微笑みへ切り替わり、なぜかゾワッと肌が総毛だった。

「上品、且つ清廉潔白。異性関係で乱れた噂もなく貞操観念が優れている」

頬が熱を持った。魁成に見つめられているからではなく、話す内容が羞恥をくすぐる。異性関係も調べたのだろうか。異性との交際経験がないのは間違いではないが、プライベートを言いあてられすぎると驚きを通り越して不快になる。

「ん？　少々不快だったか。しかしこれは必要な情報だ」

顔に出したつもりはなかったのに、澪が気分を害したと気付いたようだ。

いきなり手首を掴まれ引っ張られる。腰がソファに落ち、バランスを崩して魁成にもたれかかってしまった。

慌てて離れようとしたが、腰を抱かれ離れられなくなる。彼を見ると、困惑する澪に反して余裕の表情だ。

「俺の妻になる女が、男遊びが大好きな貞操観念皆無の女では困る。君のように清純で美しく、有能で、なにより血筋家柄に優れた女性ならば誰もが納得をする」

「納得？」

腰を抱かれて身体が近づいているのも気になるが、彼の言葉が妙に気にかかる。もしやと思い言葉を出した。

「西園寺様は、周囲を納得させるために結婚がしたいということですか？　確かに、貴方のようなお方がいつまでもお独りなのは世間体に響きますよね」

「さすが。物わかりのいい人間は好きだな」

「わたしに声をかけたのは、さしあたって婚姻関係を結んでもいいと思える女性が思い当たらなかったからですか」

「寄ってくるのはどこぞの大企業の令嬢やら官僚のご息女やら、西園寺財閥の名声にあやかりたい者ばかりだ。うんざりだよ。それなら、君のように条件次第で動いてくれる女性の方がいい」

「条件……？」

怪訝な顔で聞きはするものの、これから出される条件に、なんとなく想像がついた。

魁成は澪のすべてを知っている。もちろん、小笠原家がどういう状態にあるのかも知っている。

あの日、『人の心がない』と言ってしまったのも、小笠原家絡みで澪の行動を非難されたからだ。

「倒産寸前の小笠原商事、破産寸前の小笠原一族。そして、成金男に身体を売ってでも家族を助けようとするだろう高潔な君を、俺が助けてやろう。小笠原が倒産寸前というが、俺から見れば立て直しの算段は十分につく。すべて俺に任せておけば問題はない。加えて、西園寺財閥は一族に加える女性を選ぶ時血筋や貞操観念がしっかりしていることを重視する。そのような面でも君は、どの令嬢よりも資格がある」

やはりそうだ。

結婚という世間体に、澪を利用するつもりなのだ。大きな見返りを盾に。

「それが〝取引〟ですか？」

「その通り」

「時間を――」

「明日にでも倒産しそうな会社なのに？　お嬢様で金銭感覚のない母親と妹は、家がどんな状況になっているのかも理解せず財産を食い潰しているのに？　不安を拭えない社員は騒然としていて、専務である弟は取引先回りで責められ続けて首をくくる一歩手前だ。ああ、父親はくくったんだったな。失敗したようだが」

「やめてください！　そこまで、どうして……！　貴方には人の心がないんですか！」

とっさに叫んでしまい、ハッと口を閉ざす。昨日と同じ言葉をぶつけてしまった。

しかし、言わずにはいられなかったのだ。

彼はなにもかも知っている。家族の状態から会社の内情まで。すべてを知った上で、澪に〝取引〟を仕掛けた。

絶対に、NOとは言えない条件をそろえて。

「返事は？」

そんなもの、決まっている。答えはひとつしかない。

澪の決断ひとつで、家も家族も会社も社員も、すべてが救われるのだ。

澪は息を詰め、唇を引き結ぶ。意を決し、息を震わせながら唇をほどいた。

「わかりました。……結婚します。よろしくお願いいたします、西園寺様」

魁成の顔をしっかりと見ながら答える。ふっと微笑んだ彼が腰を浮かせ、澪を抱き上げながら立ち上がった。

知っている限り、これはお姫様抱っこと呼ばれるものだ。海外の映画やメディアのウエディング特集でよく見る。まさか自分がされる日がくるとは思っておらず、驚きのあまり声も出ない。

「物わかりがいい。君を選んでよかった。では、この取引を絶対とするために契約といこうか」

「契約……。書面で、ですか？」

「そんなものより確実なやりかたがある」

澪を抱きかかえたまま歩き出した魁成が移動したのは、ベッドルームだった。

「婚前交渉。珍しくもない。だが、君のような女性には覿面《てきめん》だ」

「こっ」

驚きの声が詰まる。ベッドの上に下ろされ、狡猾さを孕んだ恐ろしいほどに秀麗な顔が目と鼻の先に近付いた。

「よろしく。澪」

唇が重なる。

生まれて初めて経験するくちづけというものに軽いめまいを感じる。

澪は、こんな契約を仕掛けてくる魁成と出会ってしまった夜の出来事を思い出していた――。

第一章　財閥御曹司と没落令嬢

「まさか澪さんが来てるとは思いませんでした。気は進まなかったけど、いやぁ、来てよかった！」

パーティー会場前のロビーで隣り合って座り、一方的に続くおしゃべりを聞き続けてどのくらい経つのだろう。パーティーは十九時からだった。開始後、主催者の挨拶が終わってすぐに捉《つか》まって、三十分は経っただろうか。

身振り手振り、大袈裟な表情と声のトーンを混ぜて、金森秀哉《かなもりしゅうや》は同じような話を延々と続け、ひとりで盛り上がっている。

土地の再開発と株で成り上がった企業の社長令息。今回の集まりは古くからの横の繋がりを重んじる企業の交流会で、成り上がり者は場違いだ。

それでも彼は我が物顔で会場内を物色し、開始前から高級なアルコールでいい気分になって参加者たちに話しかけていた。

金森とは、仕事で数回顔を合わせた程度の顔見知りだ。彼はいずれも社長である父親についてきていた。特に仕事をしているわけでもなく、仕事をしているという体裁を作るためについて回っているだけ。本人は親からビルを譲り受け、それで収入を得ているという。

澪が小笠原の社長の娘だと知った時は、自分と同じ立場だと思ったのか妙に馴れ馴れしかったが、秘書として働いていると聞き随分と驚いていた。

『社長の娘なんでしょう？　どうして働いてるの？　人手不足？』

どことなく馬鹿にした態度は、それからも続いている。

「こんなところで会えるなんて、やっぱりなにか見えない縁で繋がっているんじゃないかな、僕たち。そう思わないかい？」

「縁とは、もともと見えないものですよ。参加が決まっていたのならお会いしたのは必然です」

「そうだよね～、やっぱり会うべくして会ったたって感じかな！」

金森はアハハと大きな笑い声をあげる。

皮肉が通じない。本当に酔っているのか、ただ言葉の意味を理解していないだけなのか。

（疲れる）

微笑みを崩さず、澪は心の中でため息をつく。会場となっている高級ホテルのホール前は、参加者が終始出入りしている。話をしているのはそのホール前のロビーだ。あまり大声で下品な笑いを響かせないでほしいのが本音である。

こんな場所で大きな声を出していたらそれだけで注目される。話すにしても節度のある大きさというものを心得るべきだ。

「随分と元気な方がいらっしゃいますね」

「本当に。随分とお酒が進んでいるようで」

案の定、若い女性数名のグループに目をつけられた。会場から出てきたところで立ち止まり、こちらを見ながら声を潜めもせずおしゃべりに興じている。

「いやだわ、酔っ払い？　絡まれたらどうしよう」

「大丈夫でしょう？　お相手はいるみたいだし」

「でも彼女、まだ参加できる立場だった？　破産したんでしょう？」

「破産寸前。まだしてないみたい」

「ええ？　こんなところに来ている場合じゃないじゃない。馬鹿なの？」

「最後の見栄じゃない？」

「みじめ～」

澪が蔑まれているのはすぐにわかった。そんなに深い付き合いではなかったものの、交流会やパーティーがあれば挨拶を交わして話をするくらいの親しさはあった者ばかりだ。

家が没落寸前だと、こんなにも人の目は変わるものなのか。いたたまれない気持ちになり、澪は軽く唇を引き結ぶ。

本来ならば澪が足を運ぶ予定ではなかったのだ。小笠原商事代表取締役社長の父と、専務取締役の弟、ふたりが参加するはずだった。

しかし、会社の未来が閉ざされる現実に父は自害を思い悩むまでに追い詰められ入院中、弟は取引先や銀行を駆け回るのに忙しくてそれどころではない。

それなら欠席にすればいい。しかし今回の交流会に巨大フィナンシャルグループの副社長が参加すると聞き、話がしたくて参加を決めたのである。

小笠原商事はすでにメインバンクから切られている。もし副社長と会うことができたら、仕事の件で改めて話をさせてもらえないかその約束を取りつけたかったのだ。

会ったことも話したこともない人物。そもそも話をさせてもらえるかもわからないが、黙ってなにもしないよりはいい。

「澪さん」

今までこちらが恥ずかしくなるくらいの音量だった金森の声が、急に小さくなる。澪が下がりかかっていた顔を上げると、隣り合った椅子から身を乗り出して顔を近付けていた。アルコール臭がツンッと鼻を刺す。

「場所を変えよう。ここじゃ外野がうるさい。澪さんもいやだろう？」

「え？」

驚いて避けようとした矢先、金森の言葉にまた驚く。自分の大声は気にもしていなかったのに、他人のひそひそ話は気になるらしい。

しかもその内容は澪を嘲るもの。もしや気遣ったのだろうか。

「いいえ。別に気にしません。ちょっとお目にかかりたい方がいるので、ここで待ちます」

「話があるんだ。大事な話。すぐに済むよ。澪さんの返事次第だけど」

「返事？」

「会社のことで悩んでるんだろう？　それを解決できる方法、知りたくない？」

目を見開いて金森を見る。軽い調子でヘラヘラしていたので、こちらの事情などなにも気にしていないのだろうと感じていたのに。

「会いたい人っていうのも、それに関係した人なんじゃないの？　どれほどの可能性があるのか知らないけど、それなら僕の話を聞いた方がいい」

「ここで聞いても」

「それはダメ。人がウロウロしすぎてる。少しでも聞かれたらマズイ。上の階にあるバーにでも行かない？」

「すぐに済むんですか？」

「ショートカクテルを一杯飲みきる前に終わるよ」

そのくらいなら、この場を離れても大丈夫だろうか。片眉を上げてもったいぶった物言いをする金森の態度は気分のいいものではないが、それよりも話というのがなんなのか気になる。

「わかりました。お話、聞かせてください」

澪が立ち上がると、金森もゆっくりと立ち上がる。「行きましょう」とうながされ、彼の後について歩いた。

「あら、お帰り？」

「酔っぱらいの介抱じゃない？」

「別室で？」

「やだー」

クスクスと嗤《わら》う女性グループの声を聞こえないふりでやり過ごし、エレベーターに乗り込む。

連れてこられたのはホテルの上層階にあるバーだった。広いフロアはボックス席とソファ席がメインで、落としすぎない照明が店内の雰囲気を明るく見せている。

半分近くの席が埋まっていて明るい笑い声も聞こえてくる。肩苦しさを感じないせいか、気持ちが少し楽になった。

持ちかけられた内容が内容なので緊張していたが、すぐに済む話だというし、酔った勢いの突発的なアドバイスだけかもしれない。

奥のボックス席に澪を座らせ、金森はカウンターへカクテルを頼みに行った。

ショートカクテルを一杯飲みきる前に終わるとはいうものの、話を聞いて早々に戻りたい。こうしているあいだにも目的としている人物が到着しているかもしれない。

(せめて話をする約束だけでも取りつけられればいいのだけど)

膝の上でスカートを強く握りしめる。考えると緊張で動悸がしてくる。思うより簡単ではない。目指す相手は、財閥系フィナンシャルグループの副社長だ。

それでも、家族や会社、社員たちを救うためには、やるだけやってみるしかない。

「おまたせしました〜」

機嫌のいい顔で金森が戻ってくる。両手にはショートカクテルのグラスが握られていた。

「甘いのを作ってもらったんだけど、よかったかな。辛い方がよかった?」

「いいえ、甘い方がいいです」

渡されたグラスは透明に近い乳白色。微かにパッションフルーツの香りを感じた。

そのグラスに、金森が自分のグラスを軽くぶつける。

「とりあえず飲んで。簡単な話だから、そんなに構えなくてもいい」

澪の横に腰を下ろし、金森はカクテルを景気よくあおり飲む。それじゃなくても酔っているのだから、あまり乱暴な飲みかたはしない方がいいのではないだろうか。

注文して持ってきてくれたのだから一応口をつけるのが礼儀だが、どうも気が進まない。そんなにアルコールに強いわけでもないし、目的の人物に会った際、お酒臭いのも印象が悪い。

「金森さん、お話ってなんですか?」

澪はグラスをテーブルに置き、口火を切る。カクテルを半分ほど減らした金森が澪のグラスを見てフンッと鼻を鳴らした。

「せっかちだな、まあいいか。簡単な話だよ」

自分のグラスをテーブルに置き、澪ににじり寄る。

「僕が君を援助してやるよ」

「は？」

不審げな声が出た。意味を理解できそうな、できなそうな。できるとしてもしたくない。わけがわからないという顔をしたままの澪に、金森はさらに身体を近付け、膝にあった手を握ってきた。

とっさに手を外そうとするものの、痛いくらいに握られて動きが止まる。

「一から説明しなくたって、意味がわからない歳でもないだろう。いくら小笠原が老舗企業で名前ばっかり有名でも、こんな倒産寸前の会社誰が相手にすると思う？　無駄なことはやめなよ。僕のものになってくれたら君だけは助けてあげる」

「それはあなたに囲われろという意味ですか」

手を握る金森の手をもう片方の手で押しながら、澪は眉を寄せる。気分を害したとわかるはずなのに、金森はうっとりとして顔を近付けた。

「ホントに綺麗だよな〜。色白だしいい匂いはするし、全身綺麗なんだろうな。僕のものになりなよ。それで君は安泰だ」

「なにを言っているんですか、そんなの……失礼だと思わないのですかっ」

顔をそむけ、金森を片手で押し戻そうとする。密着してくる身体から逃げようと腰をずらしていくが、もともとふたり用の小さなソファだ、すぐに端まで追い詰められてしまった。

「失礼って、そんなこと言ってられる立場じゃないだろう。考えて物を言いなよ」

「やめてください。品性を疑います」

「はぁ？」

威嚇するトーンに、身体がビクッと震える。とっさに「殴られる」と感じるくらいの恐怖が走った。

背中に冷や汗が浮かび身体が固まる。しかし金森はハッと吐き捨てるように嘲笑すると、澪から離れ、テーブルを指さした。

「品性とか、いつまでお嬢様気取りなんだか。ひとまず奢られた酒ぐらい飲めよ。礼儀だ。それ飲んで会場に戻ればいい」

「話は、終わりですか？」

「ショートカクテル一杯飲みきる前に終わるって言っただろ」

疑いの目を向けながらも、解放されるならそれに越したことはない。澪は手を伸ばしグラスを取ろうとした。

そのグラスを、何者かが先に取る。顔を上げると、テーブルの前に精巧な陶磁器人形《ビスクドール》のように美しい男性が立っていた。

一八〇センチ以上ありそうな、背が高い男性だ。年の頃は三十代前半。見るからに上質な三つ揃えのスーツを当然のように身にまとい、軽く目にかかる前髪越しに澪を見ている。

ひどく落ち着いた雰囲気と重厚なオーラ。周囲にあるすべてのものが足元にひれ伏すと知っているような余裕を感じる。

「君が飲む必要はない」

低く、耳に余韻が残る声。素敵な声だと思うのに、どこか怖い。

男性はグラスを金森に差し出した。

「このカクテルは俺が買い取ろう。その上でおまえに与える。飲め」

「えっ⁉」

金森は驚いて腰を浮かせる。買い取るから飲めと言われれば普通は驚く。しかし、金森は驚いているというより焦っていた。

「どうして僕が……。なんなんだ、あんた」

「飲めないか。そうだな。飲んだ瞬間に酩酊して歩けなくなる。意識も飛ぶだろう」

「えっ⁉」

次に驚きの声をあげたのは澪だった。それに構わず、男性は金森に話しかける。

「グラスを受け取った時、なにか入れたな？　俺には関係がないので放っておこうかと思ったが、気分よく飲んでいるそばで愛人契約交渉とは気分が悪い。おまえがこれを飲んで倒れれば、そちらの女性は逃げて、この場も静かになる」

「ふ、ふざけるな、なにを入れたっていうんだ。どこにそんな証拠がある」

「だから飲めと言っている。身の潔白は己自身で証明しろ」

「さっきから偉そうに！　なんなんだおまえ！」

憤った金森がテーブルを回って男性の横に立つ。金森は七センチのハイヒールを履いた澪より少し背が高く見える程度なので、一七二センチ前後だろうか。悠々と男性から視線で見下ろされ、身長差以上に迫力の差で金森が随分と小さく見える。

「俺か？」

男性は金森に向き合い、早く取れとばかりにグラスを胸に突きつける。

「『SOJ《エスオージェイ》フィナンシャルグループ』副社長、西園寺魁成だ。覚えておけ」

「さっ！」

驚愕の表情でひとこと発し、喉から悲鳴のような音を出して金森は言葉を失う。驚いたのは澪も同じで、思わず立ち上がってしまった。

「この不純なグラスを持って、さっさと消えろ」

グラスを受け取り表情を固めたまま後退《あとずさ》った金森は、「失礼します」と蚊の鳴くような声で呟き、急いでカウンターにグラスを戻して逃げていった。

走り去る金森には目もくれずグラスを持っていた手をハンカチで拭く魁成を、澪は信じられない気持ちで見つめる。

まさか、こんなところで会えるとは思わなかった。

彼こそ、澪が会って話がしたいと願っていた当人だ。

世界に名を馳せる日本屈指の大財閥、西園寺財閥の御曹司。次期総帥の彼は、財閥が統括するSOJフィナンシャルグループの副社長だ。

「あ、あのっ、西園寺様」

そのまま立ち去ろうとした魁成に慌てて声をかける。足を止めてくれたのを幸いに、澪は彼の前に立って頭を下げた。

「ありがとうございました。危ないところでした」

「君は、なにをしているんだ」

咎める口調に顔が上がる。その表情に怒りはなかったが、声には非難のトーンが混じっていた。

「話から、君は小笠原商事の娘か。小笠原は今大変な状態だと聞いた。家も会社も大変な時にこんな場所で遊び歩いているとは、なにを考えている」

「あ、遊んでいたのではありません。わたしは……」

「交流会か？　そんな状態の時に顔を出すから、あの手の下品な男に目をつけられる。それとも、つけられたくて来たのか」

「そんなことは」

「それならそれで相手を選べ。あんな品性の欠片もない男では、いいようにされて終わりだ。君ほどの器量ならば、もっと上流の男を狙えるだろう」

反論したいのにさせてもらえない。それどころか魁成が話すのをやめないので、どんどん誤解が広がっているような気がする。

両手を強く握りしめる。まるで澪がパトロンを見つけに交流会へ参加していたと言わんばかりだ。

だからといって、魁成の考えが下品だとは責められない。今の澪は、おそらく誰からもそう思われる立場なのだ。

それでも……。

「あの程度の男でもいいと思ったほど追いつめられていたのなら、余計なお世話だったかもしれないな。あまり自分を安売りするな」

ここまで言われてしまうと、もう澪にはその手段しか残っていないと言われているように感じて、悲しくなる。

「やめてください！　自分を売ろうなんて考えてはいません。貴方がおっしゃる通り、小笠原は大変な状態です。ですが、家や会社や社員たちのためにも、できる限り最善を尽くして、最後まで諦めないつもりです。わたしは、そのためにここへきたのです」

ゆるやかに柳眉を逆立て、澪は真正面から魁成を見る。一瞬、彼が驚くように目を見開いたように見えた。

そうだ、澪はＳＯＪフィナンシャルグループの副社長に会いたくてきたのだ。そして今、その当人が目の前にいる。

「資産家のパトロンを捕まえにきた。……のではない、と？」

「ひどい誤解です」

それなのに、会えたら話そうと思っていたことはひと言も出てこない。誤解を解こうと必死だ。

「誤解？」

魁成がわずかに身をかがめ、澪の高さで顔をジッと見る。ドキリと鼓動が跳ね上がったのと同時に、身体が大きく震えた。

とんでもなく綺麗な顔が目の前にきた驚きと同時に、そんな彼に凝視されるのが怖く感じてしまったのだ。なんというか、心の奥底を見透かされそうで。

「なるほど。今君は、プライドが傷つけられたと憤っているわけか」

背を伸ばし、やれやれとでも言いたげに軽く息を吐く。

「情けをかけ、援助してくれる男を見つけにきたなんて、そんな浅ましい女に見られたことに怒りを感じている。企業令嬢としてのプライドを傷つけられた、というわけだ。とかく自分をよく見せたい女性は多いが、御多分に洩れずというところだな」

「プライドとか、そんな話はしていません」

「君の顔がそう言っていた」

「表情を見て人の気持ちがわかったような気分にならないでください。そんなの自分勝手な思い込みです。思い込みでひどい誤解をして、今度はプライドが高い女だと決めつけるのですか？　そんな……人の心がないんですかっ」

魁成の目がわずかに見開かれたのを見て、自分の口から出てしまった言葉にハッとする。

――とんでもないことを言ってしまった。

しかし気付いた時には遅かった。魁成は澪に背を向けたのだ。

「そうか、考えていないならいい。会場には戻らず、すぐに帰りなさい。先ほどのような契約を持ちかける輩《やから》が、また出てくるかもしれない」

彼はそのまま歩いていく。そばで頭を下げた男性になにかを告げると、数人の男性を従えて店を出ていった。

「失礼いたします。小笠原様」

魁成が話しかけていた男性が声をかけてきた。眼鏡をかけた、真面目そうな人物だ。

「魁成様から車の手配を仰せつかっております。ホテル前に手配いたしましたので」

彼は会社の部下だろうか。それとも西園寺家の使用人だろうか。どちらにしろ、魁成に対する忠誠心が窺える。澪に軽く頭を下げかしこまるのも、主人が指示をしたからだ。

そうでなければ、きっと、蔑まれるべき対象でしかないのだろう。

「ありがとうございます。ですが、結構です」

「魁成様のご配慮です。貴女が無事に御邸宅へお帰りになれるように」

「あの方に、情けをかけていただく謂《いわ》れはございません。わたしは、情けをかけてほしくてここへ来たのではありませんから」

理屈っぽいとは思いつつ、頭を下げ返し、澪は涙腺がゆるみそうになるのをグッと耐《こら》える。

泣いてはいけない。今は、泣いている場合ではない。

けれど、改めて自分の立場を思い知らされたようで、泣きたい気持ちでいっぱいだ。望みをかけていた魁成とは、とてもではないが仕事の話などできそうにない。それどころか『人の心がない』などと暴言を吐いてしまった。

（もうダメだ）

絶望感に、ただ心で涙を流すしかなかった。

その後、澪は会場へは戻らず、落胆しながら小笠原邸へ帰った。

まだ二十時を少し回ったところで、交流会が終わる時間ではない。こんなに早く帰れば、出席したと知っている弟に心配をさせてしまうのではないだろうか。

塀で囲まれた敷地内に立つ白亜の館。前庭にはティータイム用のテラス、刈り込んだ植込みのオブジェ。そこだけ見れば、ヨーロッパの高級住宅街にでも迷い込んだかのよう。

もともと小笠原邸は純日本風の武家屋敷だった。両親が婚約した時、洋風の邸宅に建て替えたらしい。なんでも母親が父と結婚する条件のひとつだったそうだ。

重々しく玄関のドアを開けると、待ち構えたように母の鮎子《あゆこ》がエントランスを速足で歩いてきた。

「おかえりなさい、澪さん。聞いてくださいな。もう、ほんと、わけがわからない」

綺麗にセットした髪とブランドスーツ。華奢な身体を香水の甘い香りで包む鮎子。外出していたからこの恰好、というわけではない。これが母の普通だ。

母は常に〝名家に嫁いだ自分〟を崩さない。

「今日ね、幸田《こうだ》さんに来ていただこうと思ったら電話が繋がらなくてね。仕方がないから百貨店に直接電話をしたのに、誰もよこせないって言うの。どうなっているのかしら、おかしいでしょう? それも『もうそちらにはお伺いできません』とか言うのよ。馬鹿にしてるわ、わたくしをなんだと思って」

「お母さん」

縋るように詰め寄る母。エントランスに上がり、澪は落ち着けと言わんばかりに両肩に手を置く。強い口調で呼びかけ、鮎子の言葉をさえぎった。

「百貨店とのお付き合いはできません。先日も言いましたよね。外商を呼んでも、来てもらえなくなったんです。お買い物はできません」

幸田というのは、小笠原家と古くから付き合いのある百貨店の外商だ。鮎子のお気に入りで、なにかあれば呼び寄せて買い物三昧だった。

「それがわからないわ。違う百貨店から買えっていうことなの？」

「他の百貨店であろうと、専門店だろうとスーパーだろうと、うちに来てくれる業者はいません。お金がないんです。お買い物は一切やめてください」

「会社があるのにお金がないわけがないじゃない。現金が使えないならカードを使うわ。それでいいでしょう？」

「ですからっ……」

「ただいまぁ～」

苛立ちを必死に抑える澪の耳に、のんびりとした長閑《のどか》な声が入ってくる。大きく開いたドアから満面の笑みを湛えた妹、華湖《はなこ》が現れた。

それだけではない。そのうしろから両手にショップ袋を大量に抱えた男が入ってくる。タクシー会社の刺繍が入ったワイシャツを着ている。エントランスに荷物を置くと、華湖が顔も見ずに差し出したチップの万札を受け取り、ぺこぺこと頭を下げて出て行った。

「まあまあ、華ちゃん！　どうしたの、これ。いっぱい」

大量のショップ袋に目を輝かせた鮎子が澪の手から逃れて近寄っていく。

華湖は澪の六つ年下の妹だ。大学二年生でおっとりとした可愛らしい雰囲気は母譲り。ついでに買い物好きで浮世離れしているところも母譲り。なにかと気が合うので、鮎子は華湖を一番可愛がっている。

華湖という、読みは一般的なのに漢字にひとひねりある名前も鮎子がつけた。澪と弟の名前は祖父母がつけたのだが、読みどころか漢字まで地味なのでいやだったといまだに愚痴を言う。

無造作に靴を脱いだ華湖は、荷物の前で鼻高々に顎を上げる。

「昨日カードが使えなくなっていて幸田さんに詰め寄ったら、現金なら買わせてくれるって言うから現金で買い物したの。現金なんて荷物になって面倒だけど、お買い物できるならいいと思って」

「家に現金なんて置いていた？」

「取り巻きの男の子の中に美術品に詳しい子がいて、うちにある〝ゴミ〟のことを話したら、すぐ現金にしてくれるところを紹介してあげるって言われてね。試しにひとつ持って行ったら、まあまあな値段をつけてくれたの。それでお買い物したんだ」

「まあ、羨ましい。なにを持って行ったの？」

「〝ゴミ〟部屋にある、ヘンな墨絵」

「墨絵⁉」

呆然と見ていた澪だが、これは聞き逃せない。鮎子を押しのけて華湖の前に立った。

「墨絵って、お祖父様のコレクションの水墨画⁉」

「うん、そう。お姉ちゃん、あの落書き、すごいよ。結構いいものなんだって。意外なほど現金になったもん」

「勝手に持ち出したの？　どうして」

「いいじゃない。あんな落書きみたいなものが役に立ったんだから。天国のお祖父ちゃんも喜んでるよ」

まったく悪気がない。怒鳴りつけたくなる衝動を、澪は両手を強く握りしめて抑える。

「……それで？　どのくらい価格がついたの？」

「んふふ、あのね……」

ここにいるのは三人だけ。そんな必要もないのに、華湖は手を口の横に立てて内緒話風に耳打ちしてくる。

値段を聞いて、澪は息を呑んだ。

「ずるい～、華ちゃん、ママも聞きたいわ」

「あとで～。ママが好きなお店のナポレオンパイ買ってきたから、食べながら話してあげる」

「本当？　嬉しい。昨日も今日も出かけられなくて気分が悪かったの。おまけに幸田さんには繋がらないし百貨店はおかしなことを言うし、澪さんは怒るし」

「現金を持って行けば大丈夫だよ。墨絵を現金にしてくれた人も、また持ってくればもっと出すって」

「華湖」

強い口調で言葉を出す。華湖が言葉を止めてキョトンとした顔を向けた。

「お祖父様のコレクションを持ち出すのは禁止します。部屋への出入りも許しません」

「どうして？　あの部屋、ガラクタばかりでしょ？　処分しちゃえばいいのに」

「……処分はします。けれど、それはお買い物に使っていいお金ではない。わたしたち家族に、自由になるお金なんてありません」

「お姉ちゃん、なに言ってるの？」

「とにかく、お買い物は金輪際できません。おとなしく大学に行って勉強していなさい。進級だってギリギリだったでしょう」

「そんな言いかた……お姉ちゃん、ひどいよ」

華湖がぽろぽろ涙を流して泣き出すと、鮎子が頭を撫でて慰める。「澪さんは厳しいから」「長女だから責任感が強すぎる」「お祖父様にそっくりね」などと言葉を出すが、慰めているというよりは自分の愚痴だ。

澪は肩を上下させて息を吐くと、ふたりを置いてエントランスを進んだ。

祖父が残してくれた美術品のコレクションは最後の砦だ。それを処分して得たお金は、最後まで会社に残ってくれた社員たちに振り分けようと考えている。

華湖が受け取った金額を聞いて驚いたのは、あらかじめ信用できる鑑定士に出されていた鑑定額の十分の一ほどだったからだ。

この家も土地も、すでに抵当に入っている。華湖や母に言った通り、この家には自由になるお金などない。

華湖にも大学には卒業まで通わせてあげたいところだが、それも叶わないかもしれないのだ。

「お嬢さま、お帰りだったんですか」

二階に上がろうとしたところで、食堂から出てきた家政婦のトミ子に声をかけられた。白いエプロンで手を拭きながら速足で歩み寄ってくる。

祖父の時代から小笠原家のために働いてくれている年配の女性で、澪も幼い頃から世話になっている。家が衰退し使用人も辞めていってしまったというのに、トミ子だけは残ってくれているのである。

「お腹はすいていませんか？　なにかお作りしましょうか」

明るい声で聞いてくれるトミ子を見ていると、申し訳なくなる。澪を少しでも元気づけようと気を遣ってくれているのがわかるからだ。

今夜は交流会で食事を取るから澪の分はいらないと伝えてあった。金森に連れ出されて結局は食べていないが、食欲もないので気にならない。こうして聞かれてしまうほど疲れた顔をしているのだろうか。

「ありがとう。大丈夫。トミ子さんも疲れたでしょう？　後片付けが終わっているならもうあがって」

「はい、それじゃあ、お嬢様もお帰りになりましたし、滋《しげる》様にコーヒーをお出ししたらあがります」

「滋、帰っているの？」

「はい、書斎の方にいらっしゃいます。夕食もあまり召し上がらなかったので心配なのですが」

滋は澪のひとつ下の弟だ。国立大学を優秀な成績で卒業後、小笠原商事に入社した。いきなり重役入社をするより現場を見たいという本人の希望で、各部署で経験を積んでいたのだ。

専務取締役に抜擢されたのは一年前。本人は乗り気ではなかったようだが、会社がかたむきかけているのは感じ取っていたらしく、現場での経験や意見を生かし父の右腕になって働いた。

滋の手腕で風向きが変わりかけたが、若い専務が頑張ったところで下降し続ける業績がどうにかなるほど現実は甘くない。

現在、いつ倒産の決断が下されるかという状況で、それでも会社を救おうと奔走している。

社長である父が入院中なので、滋の負担はさらに大きい。

「コーヒーはわたしが持って行くから、トミ子さんはあがって。いつも遅くまでありがとう」

「そんな、お嬢様……」

笑顔でねぎらうと、トミ子は泣きそうな顔をする。それでも澪の胸の内を察してくれているようで、静かに頭を下げた。

トミ子と別れキッチンでコーヒーを淹《い》れた澪は、二階の書斎に足を向けた。

「滋、お疲れ様。コーヒー淹れたんだけど、飲む？」

ノックをしてからドアを開ける。極力明るい声を出した。

「あれ？　姉さん、交流会に行ったんじゃ……」

デスクから上がった顔を見てわずかに胸が痛くなる。顔色が悪い。また痩せたのではないだろうか。まだ二十五歳なのに、疲れているせいか老け込んで見える。こんな苦労をする前は、笑顔が爽やかで、社内では憧れる女性も多かったくらい顔立ちの整った青年だった。

「帰ってきちゃった。いろいろとうまくいかなくて。ごめんね、頼りなくて」

笑って言いながらコーヒーをデスクに置く。デスクに前のめりになっていた身体を上げ、滋はムキになった。

「姉さんが頼りないなんて思っていないよ。それより、いやな思いをしたんじゃないの？　大丈夫？」

「大丈夫。ありがとう」

自分だって疲れているのに姉を気遣ってくれる。懸命な努力は報われなくともくじけない、本当にいい弟なのだ。

澪は少しかがんで滋と目線を合わせると、弟の頬を撫でた。

「滋こそ疲れているでしょう。お願いだから、今日はゆっくりお風呂に入って早く寝てちょうだい。あなたにまで倒れられたら誰がお父さんの代行をするの」

「……僕なんか、父さんの代わりになんてなれていないよ」

「そんなことない。滋は立派にやってる。会社がこんな状態じゃなかったら、もっともっと活躍できたよ」

滋は頭もいいし社交性もある。会社の危機だったとはいえ専務に就任するのは早すぎた。時期を見てステップアップしていけば、父の片腕として素晴らしい成果を上げていける逸材だったはずだ。

会社の危機が弟の未来も潰そうとしているのが、さらにつらい。

枯れ堕ちゆく小笠原家。そして会社の未来を儚んだ父はとうとう心の病を発症し、自らを傷つける行為に出た。表向きは過労で倒れたことになっている。今は病院で療養中だ。

「ＳＯＪフィナンシャルグループの副社長には会えたの？」

その名前に心が揺らぐ。澪は眉を下げて答えた。

「会えたけど、話せなかった」

「そうか。仕方がないよね。大本は西園寺財閥だ。副社長って次期総帥でしょう？　警備もすごいだろうし、そんな人と話なんかできるはずがないよね」

「うん……」

話はできた。けれど、報告できるような内容ではない。滋に余計な心配をさせたくなくて、澪は真実を告げられなかった。

コーヒーを手に取った滋がカップに口をつけ、刹那、おだやかなホッとした表情を見せてくれる。

「……姉さんが淹れてくれるコーヒー、うまいなぁ」

笑顔なのに、どこか泣きそうな弟の声が、澪の心をえぐるように突き刺さってきた。

翌日も、会社に行けば毎日出る希望退職者の対応で忙しかった。

すでに新しい仕事を見つけてしまった者は仕方がないが、そうではないのなら一応の説得を試みる。

本来ならば人事の仕事なのだが、人事もすでに退職者が出ていて人が足りないのだ。

明日会社が潰れるかもしれない。そう考えれば、誰だって不安だ。先が見えなくて不安で怖いだろうとわかるからこそ、引き止めるのはつらかった。

「小笠原さんがそういうなら……」

不安そうに考え直してくれる者。

「わかりました、最後まで頑張りましょう！」

腹をくってくれる者。

もちろん、話し合いをしても、辞めていってしまう者もいる。

残って最後まで頑張ろうとしてくれる社員のためになんとかしたい。もっと自分に力があれば。そう思うと悔しい。

昨日、西園寺魁成と話をするチャンスだったのに、感情のまま『人の心がないんですかっ』と暴言を吐いてしまった。

他の案を考えるしかない。だがこれ以上、なにがあるというのだろう。

もう、限界なのだ。

ため息をつきながら帰宅をする。玄関のドアを開けると、楽しげな笑い声が聞こえてきた。

「あっ、お姉ちゃん、おかえりなさい」

無邪気な声は華湖だ。顔を向け、澪は目を見張った。

「おかえりなさい、澪さん、待っていたのよ」

エントランスには楽しげに立ち話をする三人の姿。鮎子と華湖と、そしてなぜか金森がいる。

「おかえりなさい、澪さん。待っていました」

なぜ金森がここにいるのだろう。それも母や妹と楽しげに笑い合っている。

もうひとつ気になるのは、鮎子と華湖がこれから外出といわんばかりにめかし込んでいることだ。

「お母さん、どこかへお出かけですか？」

「ええ、金森さんにホテルのディナーチケットをいただいちゃって。これから華ちゃんと行くところだったのよ。でも澪さんのお客様をおひとりにするわけにはいかないから、帰ってくるまで待っていたの」

「ディナーチケット？」

澪が不審げな声をあげると、金森は人のよい笑顔を繕った。

「手土産に迷ってしまって、こんなもので申し訳ない」

「そんなことありませんよ。高級ホテルのディナーなんて久しぶり」

「ママ、お姉ちゃんも帰ってきたし、早く行こう。今日限定スペシャルコースだよ」

控えめな金森相手に、ふたりは上機嫌だ。靴を履きながら、鮎子が澪の肩に手を置く。

「昨日のパーティーでお会いになったんですって？　話し足りないからっていらっしゃったのよ。こんな素敵な仲のいい男性、澪さんにもいらっしゃったのね」

「ママ早くー」

「はいはい」

楽しげに笑いながらふたりが出て行く。一瞬呆然としてしまったが、澪は気を取り直して金森を見た。

「どういうおつもりですか？」

「そんな怖い顔しないでよ。美人が台無しだよ。怒っても美人だけど」

「なんのご用ですか」

「君のお母さんが説明してくれただろう？　話し足りないから来たんだよ」

「本日限定のチケットを持って、ですか？」

探るように言うと、金森はニヤリとする。先ほどまでの人のいい顔を歪めて、親指でリビングの方向を指した。

「さすがだな～。つっ込むところが違うよね。座って話をさせてよ。話をしに来たのは本当なんだし」

「昨日あんなことをしておいて、よく会いになんかこられましたね」

「あんなこと？　ああ、カクテルのこと？　あれはさ、言いがかりだよ。あの男がいかっこしたくて言っただけ。僕もあの男の身分を聞いてつい逃げちゃったけど、誤解だよ、本当に。昨日話し足りなかったのも本当」

昨日の話といえば、思いだすのも腹立たしい内容。再度あんな話題を持ち出されるのはいやだ。澪は靴を脱ぎながら言葉を出す。

「お引き取りください。わたしは、あなたとお話しすることはありません」

「僕はあるんだよね。ここでしてもいいよ。お手伝いさんがいるけど」

ハッとして顔を上げると、トミ子がリビングの前に立っている。

「金森様にコーヒーをお持ちいたしました。お嬢様はどうされますか？　お紅茶にされますか？」

トミ子の前で援助の話などされては、澪に降りかかっている境遇に胸を痛めて泣き崩れてしまうだろう。

もしそれを涙ながらに滋にでも訴えられた日には、父の耳にまで入ってしまう可能性がある。

それは絶対に避けたい。

「わたしはいいの。そんなに長いお話じゃないから。ありがとう、トミ子さん」

笑顔を見せると、トミ子も笑顔で下がる。長話はしたくないことをにおわせたのだが、金森は気付いただろうか。

「さすが。人払いが上手だね。ゆっくり話ができそうだ」

こそっと囁きかけ、金森は上機嫌でリビングへ歩いていく。澪の言葉の意味には気付かなかったようだ。やはり彼のような人物にははっきり言うしかない。

先にリビングに入った金森は勢いよくソファに座る。品もなく伸びをしてハァっと息を吐いた。

「あー、疲れたー。落ちぶれてるくせに上流扱いしてほしがる人間って、自分がわかってなくてめんどくさいよねぇ」

誰のことを言っているのかは明らかだ。リビングのドアを閉めた澪の方を向き、ポンポンと自分の隣の座面を叩く。

「お話は、手短に願います」

澪は見ぬふりでひとり掛けの椅子に座った。顔を見たくなくて視線をそらしていると、小さい舌打ちが聞こえる。

「まあ、いいか。話は簡単。昨日のこと、少しは考えた？」

「と、おっしゃいますと」

あくまでとぼける。金森は勝手に話を進めていった。

「僕が君の面倒を見る。落ちぶれた会社の社長令嬢なんて縁起が悪そうで本当はごめんだし、パパもいやがるだろうけど、愛人としてなら問題はないし。澪さんにはそれだけの価値がある」

「価値……？」

「そう、価値」

ソファから立ち上がった金森が澪のそばへやってくる。椅子の肘掛に軽く腰を下ろし身体を寄せた。

「落ちぶれたとはいえ、老舗企業の社長令嬢だ。知らなかったけど、小笠原家って元華族なんだって？　すごいよね〜。時代が違えばお姫様だ。おまけに美人でスタイルがよくて。パーティーなんかでさ、男がどんな目で君のことを見てるか知ってる？　高嶺の花だよ。そんな花を自分のモノにできると思ったら、最高だろう」

なにを思いついたのか、金森は肩を震わせて小さく笑う。「へへへ」という品性の欠片も見あたらない声に、ゾワッと肌が総毛だった。

「毎晩可愛がって皆んなに自慢するよ。羨ましがって歯ぎしりする姿が目に見える。考えただけでいい気分だ」

「下世話なお話が好きな方が周りには多いんですね。類は友を、ということですか」

ひどい話を聞かされているようで吐き気がする。それでも澪は取り乱さないよう、冷静を心がけて言葉を出す。

「わたしは、アクセサリーではありません。価値などと言われても……」

「アクセサリーになればいいんだ。その方が楽に生きられる。万々歳じゃないか」

金森は澪の肩を抱き、自分に寄り添わせる。とっさに離れようとするが、がっちりと肩を掴まれていて身体を離すことができない。

「澪さんは本物のアクセサリーより綺麗だよ。それを自覚した方がいい。この話を逃したら、もう、どっかの富豪爺さんの愛人になるくらいしか道は残らないよ」

――初めて、人を殴りたいと思った。

「放してくださいっ」

身をよじって離れようとするが、腰が椅子の隅に逃げる程度に留まる。

いっそ立ち上がって振りほどこうと腰を浮かせた時、代わりに金森が椅子に滑り込んで座り、そのまま澪を抱き寄せた。

「やっ……！」

「往生際が悪いな。君にはこの方法しかないんだって教えてやるよ。今すぐ僕のものにしてやる」

「なにを言っているのですか、恥を知りなさい！」

「恥ぃ？　これだから高潔なお嬢サマは。そんなこと言ってお高くとまってるから、しなくていい苦労ばっかするんだよ。もう少し自分を上手く使って楽に生きろよ」

身体を離そうとする澪の背中にシッカリと腕を回し、スカートをたくし上げようとする。軽々と押さえ込めていることに興奮したのか、金森の息は荒くなった。

金森の手を押さえて懸命に身をよじるものの、背中を押さえる手の力がゆるむ気配はない。こういう時は大声を出せばいい。わかってはいるが、ここで声をあげて気づいてくれるのはトミ子だろう。そうしたらいやでも澪が置かれている状況に気付かれてしまう。

「やめてくださっ……！」

極力声を抑えて抵抗をする。――その時、リビングのドアがノックされた。

「お話し中にすみません。お嬢様、お電話が入っております」

トミ子だ。金森の動きは止まるが、ドアが開く気配はないので腕の力は弱まらない。

「断りなよ」と小声で呟いた。

「西園寺様という男性の方です。至急の用事だとおっしゃってました」

驚いたのは澪だけではないだろう。明らかに金森も動揺したようで、腕の力がゆるんだ。

澪は素早く金森から離れ、子機が置かれている方へ向かう。

「わかりました。こちらで取るから」

慌てた様子を見せたのは金森だ。

「なんでまたあいつが……。昨日のことを蒸し返すつもりか？　まさかグラスの中を調べたとか言うんじゃ……」

なんにしろ、いつまでもここにいるのは得策ではないと思ったのだろう。澪が子機を手に取ったのと同時にリビングのドアを開けた。

「じゃあ、澪さん、僕は失礼する。またいずれっ」

逃げるように走っていく金森の姿と、呆気にとられてその姿を見ているトミ子が、閉じていくドアの隙間から見えていた。

（もう二度と現れないで！）

ドアが閉まると、一度深呼吸をしてから応答した。

「お待たせいたしました。澪です」

『また成金男に言い寄られているのか?』

なんという第一声だろう。おまけに、なぜ金森が来ていたと知っているのか。

「あの、西園寺様とお伺いしましたが、どちらの……?」

慎重に声を出す。見当はつくが違うかもしれない。だいたい、彼が澪に電話をかけてくるはずがない。

『西園寺魁成だ。昨夜、バーで顔を合わせただろう』

驚きのあまり息を呑む。予想外すぎてなかなか言葉が出なかった。

「電話番号、ご存知で?」

動揺する澪を意に介さず、魁成はさらりと答える。

『家の固定電話だ。そんなものは調べればすぐにわかる。それより、取引をしたい。迎えをやったから、すぐに家を出なさい』

「取引? 迎えといいますと」

『車が小笠原家の前で待っている。すでに到着済みだ。今すぐ出るように』

「家の前? どうして……」

動揺が収まらないまま子機を持って窓辺に寄り、カーテンを少し開いて外を見た。

はっきりとその姿が見えるわけではないが、門の向こうに車のヘッドライトらしきものが確認できる。

「あの、西園寺様！」

改めてどういうことなのかを聞こうとするが、通話はすでに終わっていた。彼が「出なさい」と言ったら、すぐに家を出なくてはいけないようだ。

「一方的すぎるっ。なんなの、いったい」

ちょっと文句は出るものの、逆らうわけにはいかない。澪はバッグを掴むと、急いで部屋を飛び出した。

「お嬢様？」

リビングを出て玄関へ向かおうとしたところで、食事をのせたワゴンを押すトミ子と目が合う。金森が帰ったので食事を用意してくれたようだ。

「ごめんなさいトミ子さん、食事はいりません。出かけてきます」

「今からですか？」

「行ってきますっ」

詳しく話している暇はない。申し訳ないと思いつつそのまま外へ出た。

門の前に黒塗りの高級外車が停まっている。後部座席のドアの前に、眼鏡をかけたスーツ姿の男性が立っていた。

「お待ちしておりました、小笠原澪様」

丁寧にお辞儀をするのは、昨夜澪に帰りのタクシーを手配してくれようとしていた男性だ。後部座席のドアを開け、澪をうながす。

「魁成様がお待ちです。どうぞ」

言われるままに乗り込むと、車は静かに走り出した。

魁成からの電話を不思議に思いつつも出てきてしまったが、ここにきて妙に緊張感が滾ってくる。

先ほど言われた「取引」とはなんだろう。もしや、昨夜の「人の心がない」などと失礼な物言いに対して、なんらかの制裁措置を取るとか、そんな話だろうか。

あの件に関しては澪も気にはしていた。これはやはり、顔を見た瞬間に謝った方がいいかもしれない。

「すみません。どこへ向かっているのですか?」

助手席に座っている眼鏡の男性に尋ねる。彼は軽く振り向き、あたり障りのない回答をくれた。

「魁成様がお待ちの場所です」

それがどこなのかを教えてほしかったのだが……。

余計なことは聞かない方がいいのかもしれない。澪は黙って窓の外に視線を移した。

車は大きな通りをひた走っている。流れていく街の灯りや、行き交う車のヘッドライトを目で追いながら、落ち着かない自分を感じる。

金森のことで気が重いというのに、この上暴言を吐いた責任を問われるのだと思うと、まるで心に重しをつけられているかのよう。

しばらくして車を降ろされたのは、都心に建つ高級ホテルだった。

眼鏡の男性に案内され、通されたのは上層階のスイートルーム。室内には澪を呼びつけた魁成がいた。

広いリビングのソファセットに澪を座らせ、眼鏡の男性は部屋を出て行く。テーブルを挟んだ向かい側には、肘掛椅子に座る魁成がいる。

質のいい三つ揃えに全身を包み、長い脚を軽く組んでいるだけなのに、にじみ出るオーラがすごい。目を合わせるのが怖いくらい。でも、彼の秀麗さに瞳を奪われる。

「あの、西園寺様、このたびのお呼び出しはどういったご用件で――」

「あの男からの申し出には返事をしたのか？」

聞いているそばから質問に変えられてしまう。会話にならない。心の中でため息をつき、澪は質問を返す。

「申し出というのは？」

「隠さなくてもいい。情報は入ってきている。質問にのみ答えなさい」

軽く息が止まった。この人に、わからないことなどないのだ。

「お断りしています。わかってくれたのかどうかは不明ですが」

「そのようだな。あのお調子者のことだ。いい返事をもらったのなら、すぐにでも君と関係を結ぼうとするだろう。実際、その手前だったのでは？」

「それは……」

「答えなくてもいい。君が帰宅し、家人が出かけ、ふたりきりになった。それからあの男が血相を変えて出て行くまでの時間で、君に手を出す余裕はなかっただろう。あっても、未遂だ」

電話がきた時にはすでに西園寺家の車が迎えに来ていた。金森が逃げ帰った場面は迎えにきた眼鏡の男性が見ているだろう。

いや、鮎子と華湖が出かけたと知っているなら、その前から待機して報告をさせていたと考えられる。それこそ、金森が訪れたあたりから。

「断ったのにわかってもらえたか不明ということは、しっかりと断らなかったということか？　それとも、援助という選択肢を残しておくべきか迷っているのか」

「そんなわけがありません。自分を売れと言われているようなものですし、そんな……」

金森に欲望を露にされた時のおぞましさがよみがえってくる。今になって冷や汗が出てきた。

そんな澪を、魁成が見つめている。凄絶なほど澄んだ、怜悧な瞳だ。

全身の、一切の自由が奪われるよう。澪は魁成の眼差しに釘づけになる。思い出していた不快感が、スッと晴れていく。

畏怖に値するほどのものが湧き上がるのに、彼の眼差し、面立ち、姿形、放たれるオーラに見惚れてしまう。

この人には、何人たりとも敵わない。

無条件にそう感じる。

目が魁成から離れないまま、ごくりと喉が鳴る。澪を魅了する顔の口元が、ゆるやかに笑んだ。

「迷う必要はない。君には選択肢がある」

「選択肢？」

そんなもの、どこにあるというのか。あるとすれば、このまま没落するか生贄にな
るかの二択しかない。
不安そうにしながらも不可抗力で魁成に見惚れてしまう澪の前に、彼は指を三本立
てたのである。
「君の選択肢は三つある」
――まるで走馬灯のように、魁成と出会った昨夜から今までの出来事が脳裏をめ
ぐった。
それでもそれは、ほんの刹那にすぎない。重なった唇が擦り合わされる感触に反応
し、意図せず身体がピクピクと跳ねる。
「少し触れただけなのにいい反応をする。それとも驚いただけか？」
「わた、し……」
声が震えた。この突然の状況をどう受け止めたらいいものか。
困惑する澪を見つめながら、魁成は上半身を起こしスーツの上着を脱ぎ捨てる。先
ほど視界を魅了した綺麗な指がネクタイの根元に挿し込まれ、キッチリと結ばれたそ
れをゆるめていく。

ドキリ、と不意に胸が高鳴った。

ベッドルームは照明が点《つ》けられていて、彼の表情がよく見える。上から見おろされているせいか、抗《あらが》ってはいけない威圧感を覚えた。

縁談の煩わしさから解放し彼の体裁を保つために、澪が魁成と結婚する。その代わり、魁成は澪が心を悩ませている一切を解決する。

取引は合意のもとに成立した。それを絶対のものとするための契約が……。

(婚前交渉って)

ベッドに運ばれてくちづけを受けた。当然この先もあるだろう。婚前交渉の意味のまま、身体を開かれる行為が待っている。

考えたとたん、急激に羞恥が襲った。頬どころか頭のてっぺんまで熱い。耐えきれず両手で顔を覆った。

「どうした？　まだ上着しか脱いでないが、見るに堪えないのか？」

「ち、違いますっ。恥ずかしくて……」

「恥ずかしい？　なぜ？」

「……こんなところで、男性と、こんな……」

自分が置かれた状態だけでも恥ずかしいのに、その理由を口にしなくてはならないなんて。しかしなんと言って表現したらいいだろう。羞恥をくすぐられる単語しか頭に浮かばない。

いきなり両手首を掴まれたかと思うと、左右に開かれる。顔をそらす間もなく、視界には澪を見つめる魁成の顔が広がった。

「真っ赤だ」

勢いよく羞恥が募っていく。顔が熱くて発火してしまいそう。

「恥ずかしいというのは本当なんだな。なにが恥ずかしいんだ。服を脱がされるからか？　いやなら自分で脱げばいい」

「む、無理です」

慌てて口を出し、澪は視線だけを横にそらす。

「恥ずかしいのは……全部です。こんな経験は、ありませんから」

こう言えばわかってもらえるだろうか。澪には男性経験がないと身辺調査でわかっているだろう。それだから婚前交渉を契約に持ってきたのだ。

澪は取引に応じ、魁成と結婚をすると決めた。婚前であろうと結婚後であろうと、いずれは彼と肌を合わせる。ここでこんなに動揺してしまうのは、往生際が悪いのかもしれない。

少し時期が早まっただけだと思えばいい。いつまでも戸惑っていたら魁成が不快に思うのではないか。

手首を掴んでいた両手が離れ、代わりに両頬を挟まれる。こっちを向けとばかりに指で肌を叩かれた。

視線が彼に戻る。魁成は特に怒ってはいない。それどころか、薄く微笑んでいる。

「君のような、シッカリ者で隙のない女性でも、そんな顔をするのだな」

「そんな顔？」

「まあいい。恥ずかしいなら遠慮せず恥ずかしがればいい。むしろ、君が恥ずかしがる顔をもっと見てみたくなった」

「なんですかそれは……ひゃっ！」

頬から手が離れ、魁成の顔が横に落ちる。耳の下に唇が触れたかと思うと肌を食《は》むように動かされ、くすぐったいような、なんともいえない感触に身を縮めた。

彼の唇は首筋に沿って落ちていく。ブラウスのボタンを外されているのがわかるが、どう反応したらいいか戸惑うあまり動けない。

そうしているうちにスカートのウエストからブラウスの裾が引き出され、ゆっくりと胸を開かれる。鎖骨の下を大きな手が撫でていく感触に、どうしようもなく羞恥が騒いだ。

「夫を苗字で呼ぶのはいただけない。今すぐに訂正しなさい」

「さ、西園寺、さまっ」

「ですが」

「君は俺の妻になるんだろう？　澪」

大きな手がブラジャーの上から片方の胸のふくらみを握る。自分でも驚いてしまうほど身体が震えた。

見開いた視線の先では、魁成が小さなため息をついている。

これはいけない。もしかしたら、呆れられてしまったのではないだろうか。

二十六歳の女性なら、人並みに恋愛経験があってもおかしくはない。澪には浮いた噂のひとつもないと魁成も承知しているようだが、それにしても対応がお粗末だ。

屋敷に引きこもった深窓の令嬢というわけではないのだ。社長秘書として働いていたのだから、こんな場面でも落ち着いた大人の対応ができて然るべき。

魁成のような人物ならそう考えるだろう。それなのに澪は、羞恥に負けて戸惑うばかり。

「別に呆れてはいないから、そんな顔をするな」

心を読み取られたのかと思った。驚くついでに意識をして表情を引きしめる。不安を悟られてしまうほど情けない顔をしていたのだろうか。

こんなことではいけない。魁成の妻になると決めたのだ。ここで覚悟を決めなくてどうする。

固く閉じた唇に魁成の唇が重なる。ゆっくりと表面を擦り、軽くつけたり離したり。小鳥のようについばんで。まるで唇に悪戯《いたずら》をしているよう。注意をしないといつまでも続く、可愛い悪戯。

なんだかおかしくなって唇がゆるむ。ほどけた下唇を軽く食まれ、不思議とおだやかな吐息が漏れた。

「それでいい」

囁く声は落ち着いていて、焦燥感でいっぱいだった澪の心を徐々に落ち着かせていく。

唇だけではなく、鼻に、頬に、顎に、小鳥のようなキスは続いた。眉間、ひたい、まぶた、顔中にくすぐったさが広がる。

とうとう澪はクスクスと笑ってしまった。

「どうした？」

「なんとなく、笑いたくなってしまいました」

「そうか。いいことだ」

小鳥は耳の裏から首筋をたどっていく。

「そのまま、笑いたいくらいの気持ちでいたらいい」

ふと、もしかしたら魁成は、澪が戸惑っていることに気付いて、心が壊れないよう慎重に気を遣ってくれたのではないかと感じた。

肌に触れる唇も手も、とても優しくてあたたかい。苦しいや痛いなどの感情は一切湧かない。

身体の余分な力が抜けていく。澪の中にあった戸惑いは、安心感に擦り替わっていった。

魁成の唇が、くっきり浮き出る鎖骨をなぞっていく。胸のふくらみを握っていた手はゆるやかに五指を動かし布越しに肌の弾力を確かめているかのよう。

胸の隆起をたどる唇の動きに気を取られているうちにブラジャーのホックを外され、ジャケットやブラウスと一緒に身体から抜かれた。

「西園寺、さまっ」

覚悟は決めたはずでも、はやり半裸にされれば戸惑いは生まれる。胸を隠したかったが、すぐに魁成の顔が近付いたので浮かせた両手が行き場を失う。

「訂正」

冷静にひと言そう言われハッとする。先ほども彼を苗字で呼んで「訂正しなさい」と言われていた。

妻になるものとしての呼びかた。なんと呼べばいい。母は父を「旦那様」と呼んでいた。「あなた」という呼びかたもある。

しかしふたりはまだ結婚をしたわけではない。思いついたものでは気が早すぎるのではないか。それならば、あたり障りなく名前で呼ぶのがいいかと考える。

「魁成さん……」

「なんだ」

これでいいだろうかと控えめに出した言葉だったが、魁成の返事は早い。早すぎてどうしたものかと困ってしまったほどだ。

「こ、この呼びかたで、いいのでしょうか」

「合格だ。もう一度呼んでみてくれるか」

「……魁成さん」

「もう一度」

「魁成さん」

何度も呼んでいると慣れてきた気になる。発音もスムーズになる。

「それでいい」

納得したトーンにホッとする。気持ちは軽くなるが、彼の手に包み込まれている胸には重い刺激が生まれはじめた。

胸のふくらみを揉み込まれていくごとに吐く息が荒くなっていく。鼓動が速くなって体温が上がる。口で息をしているうち、吐息におかしなトーンの声が混じりはじめた。

ふくらみの頂を唇や舌で愛でられ、声がはっきりとしてくる。自分がとてもいやらしい反応をしているような気がして、澪は片手の甲で唇を塞いだ。

「どうした。せっかく調子がよかったのに。声は抑えなくていい」

魁成が上半身を起こし、ネクタイを引き抜く。ウエストコートやブレイシーズ、ワイシャツを、無造作に脱ぎ捨てていった。

「ですが……出すぎている気がして。すみません、あまりさわらないでいただけると、そんなに出ないかと」

魁成が上半身裸になってしまったのがわかるので、目を向けることができない。手の甲を口にあてたまま視線だけをそらしていると、胸の谷間からへそまでを指でスッとなぞられ「ひゃっ！」と驚く声が出るとともに視線が彼に戻る。

「出しても構わない。恥ずかしがるな。綺麗な身体だ」

カアッと羞恥が募る。頬と顔はもちろん熱いが、なぜかお腹の奥まで熱くなった。

「綺麗だなんて、そんな」

「君は自分の身体を鏡で見たことはないのか。謙遜は無用だ」

「謙遜では……」

「淡雪のように白く柔らかい。この手の中で、熱く火照らせて溶かしてしまいたい誘惑に駆られる。と言ったら、また恥ずかしがるのか？」

「は、はい……」

大正解に反論の余地なし。魁成の言葉の意味をなんとなくでも悟るだけで照れくさい。それじゃなくても彼は、話しながら澪のスカートやストッキングを躊躇なく脱がせていく。

とうとう一糸まとわぬ姿にされてしまい、口だけではなく顔を覆ってしまいたいほどの羞恥に襲われた。それどころか大きく両脚を広げられ、魁成がそのあいだに顔をうずめたのだ。

そういった行為自体は知っていても、彼にそんな行為をさせていいのかと罪悪感に苛まれる。

「魁成、さん、そこは、ダメ……」

そう口にするのがやっとだった。彼の唇と舌は澪のもっとも恥ずかしい部分で暴れ、羞恥心も罪悪感もすべて吹き飛ばしてしまう。

胸をさわられていた時よりも荒い吐息が吐き出され、短い声が切なげなトーンでこぼれていく。なぜか熱さを感じるお腹の奥で、どろどろとした泉がとめどなく流れ出していた。

下半身を逃がしたくなるこの刺激をどうしたらいいのかわからなくて、体内に溜まるもどかしさを従順に受け入れる。せり上がってきたそれが弾けると、澪は背をそらして甘い喜悦の声をあげていた。

「いい声だ。高潔な雰囲気をまとういつもの君にはない、己の悦びを解放する声」

少しだけ、魁成の声に熱がこもっているように感じるのは気のせいだろうか。顔を上げ、指で口元を拭ってはその指を舐め上げている。

弾けたものの余韻で頭に靄《もや》がかかっているよう。息があがって、全身に微電流が流れてくる。

そんな澪を見て薄く微笑すると、魁成は自らも全裸になり、小さな包みを澪の視界に入れた。

四角くて薄いパッケージ。それがなにかわかりかけた時、魁成が口で封を切る。

「正式に結婚するまでは使うが、その後は使わない。わかると思うが、君がなすべき役割は妻になることだけではない。いずれ、跡取りをもうけなくてはならない」

「跡取り」

財閥の次期総帥と結婚するのだ。跡取りとなる子どもを産むのも、澪の大切な役目なのだろう。

頭ではわかるが、どうも実感しづらい。今は、この行為について行くのに必死だからかもしれない。

脚を開かれ、魁成が覆いかぶさってくる。唇が重なった直後、脚のあいだに大きな衝撃が走り、とっさに出そうになった声はぜんぶ吸い取られた。

破瓜の痛みでつらくさせないためなのか、唇や胸に甘い刺激が与えられ、やがてすべてがひとつの甘美な濁流になって全身に満ちていく。

自分と同じくらい潤った肌と熱い吐息を感じながら、澪は愉悦の中に溶けていった。

やけにスッキリとした目覚めだった。

十分な睡眠時間と良質な眠り、そのふたつが取れた時に感じる爽快感。

こんな感覚は久しぶりだ。ここのところ会社や家のことで悩みばかりが大きくて、よく眠れた覚えがない。

どんなに疲れていても、こんなに安心して眠れた日はなかったのに。今朝はどうしてこんなにも安らいだ気持ちなのだろう。

「目が覚めたか」

深く、耳に心地よさをくれる声。優しい声ではないけれど、なぜか安心できる。これは誰の声だっただろう。

「澪」

名前を呼ばれてハッとする。これは、――魁成の声だ。

「あっ！」

とっさに身体を上げようとするが、なにがなんだかわからないうちに肩を掴まれ引き戻された。

「そんなに慌てて起きなくてもいい」

澪は目をぱちくりとさせつつ、今の自分の状態を把握しようとする。

見開いた目には明るい室内が映っている。おそらくここはベッドルームだ。澪は全裸でベッドの中にいて、魁成に肩を抱き寄せられ彼の裸の胸に頭を乗せている。

よく考えるとすごい状況だ。裸で男性に身を寄せているなんて。

「よく眠れたか？」

「は、はい、最近にはないくらいぐっすり……。自分で驚いています」

「無理をして俺の要望を受け入れていたから限界がきたんだろう」

「要望？」

「もう無理だと弱音を吐かないから調子に乗った。四回目で失神してしまったので、そのまま眠らせて今にいたる」

「それは……すみません……」

ぷしゅーっと蒸気が出そうな勢いで顔が熱くなる。つまりは慣れない性行為で精根尽き果てて、ぐっすり眠ってしまったということだ。

（わ〜、すごく恥ずかしい）

「謝るな。慣れていない身体に無理をさせたのは俺の方だ。すまなかった」

「いえ、そんな」

魁成が気遣ってくれている。おまけに謝るなんて。

彼に関しては重厚で高貴なオーラが印象的すぎて、自分から謝るというイメージがない。偏見なので申し訳ないが、それだから余計に意外だった。

だが、気遣われた理由が恥ずかしい。

昨夜は室内をよく見ている余裕などなかったが、カーテンが開きっぱなしでベッドルームには明るく眩しい陽射しが射し込んでいる。

ふと、朝日にしては陽が高いような気がした。

「あの、今、何時でしょう？」

「ん？　ああ、十時を過ぎたところだ」

「十時⁉」

驚いて身体を起こす。が、再び魁成に肩を抱かれ引き戻された。

「わ、わたし、会社に！」

今日はまだ平日だ。仕事がある。会社が大変な時に、仕事を抜けている余裕などない。

おまけに外泊してしまったというのに、家にも連絡を入れていないのだ。母や妹とは時間がすれ違い気味なので気付かないかもしれないが、滋やトミ子は気付くだろう。心配をかけてしまう。

それらを説明しなくてはと慌てる澪に、魁成はサラッと言い放った。

「出社の必要はない」

「はい？」

「専務や社長には、昨夜のうちに話がいっている。小笠原商事再建のために、西園寺財閥が動いた。君があくせく奔走する必要はない」

「ですが、わたしには仕事がっ」

「心配する必要はない」

澪は焦りが募るが、魁成はいたって冷静だ。なぜか彼の「心配する必要はない」という言葉に、不安をすべて抑え込まれた気がした。

彼が「心配ない」と言えば、本当に心配する必要はないのだと思える。

「小笠原家にも連絡済みだ。安心するといい。俺と君の結婚に関する話は昨夜のうちに伝えられているし、今日は朝から結納金という形で資金援助の話がされているはずだ」

「昨夜？」

「君がここへ向かう車に乗ってすぐ、西園寺家の者が話し合いに行っている」

「すぐって……」

その先の言葉は出なかった。すぐということは、澪に結婚の話をする前に家族への交渉に入ったことになる。もし澪が結婚はしないと言ったらどうするつもりだったのだろう。

顔を向けると魁成と目が合う。余裕を湛えた彼を見て、澪は悟る。――彼には確信があったのだ。澪が結婚を承諾するという、絶対的な自信があった。

「この後、君には西園寺家へ来てもらう。今日から君の居場所は小笠原家ではない」

「それは、どういう意味ですか？」

不安そうに尋ねる澪のおとがいに手をあて、魁成は顔を近付けた。

「俺のそばに置く。逃げられては困るのでね」

逃げるはずなどない。その前に、逃げられるはずがない。そんなことは魁成の方がよくわかっているのではないか。

唇が重なり、澪は実感する。

――西園寺魁成という男に、囚われたのだと。

第二章　婚約という名の足枷

一時《いっとき》、ここが日本であることを忘れていたような気がする。

魁成と澪を乗せた車は広大な敷地の中を走っていた。一面の芝生や植え込み、季節の木々と視界の所々で咲き誇る花々。それらがとてもバランスよく配置され、大切に手掛けられているのを表している。芸術的でさえあった。

その向こうに、城が見える。

とても馴染みのある城に見えてしまうのは、日本でも有名な遊園地の代表的な城に似ているから。もともとその城は、ドイツ南部にある世界的に有名な観光スポットになっている城をモデルとしている。

以前ドイツを旅行した時、城の偉大な美しさに圧倒された。その感覚がよみがえってきたのだ。

「お城……」

窓の外を眺め、思わず呟いてしまう。澪の声に反応した魁成が、やっとタブレットから視線を外した。

「どうした？」

（やっとしゃべった）

感想としてはそう思うほかない。ホテルでゆっくり昼食を取った後、ふたりは迎えに来た車で西園寺家へ向かっていたのだが、車に乗ってからの魁成は仕事用のタブレットを見ているばかり。ひと言も言葉を発していなかったのだ。

（もともとペラペラおしゃべりする人でもないいんだろうな）

必要最小限しかしゃべらないのなら、会話の少ない結婚生活になるのだろうか。祖父の時代には「飯」「風呂」「寝る」しか言わないような亭主関白な男性も存在したと聞く。

仕事が忙しいなどはあったものの、父は時間があれば母と会話をするよう心がけている様子だった。母は話し好きで、父が聞き上手なのがまたよかったのかもしれない。そんな両親を見て育ったせいか、自然と夫婦というものはよく会話をするものだと思っていたところがある。

会話の少ない毎日は、静かで寂しいものなのだろうか……。

そんなことを考えつつ、澪は期待をしない笑顔で窓の外を示す。

「こんなところからお城が見えたので。驚いちゃって」

「ああ、あれが西園寺邸だ。こんなところとは言うが、すでに西園寺の敷地内なのだから、建物が見えても不思議ではない」

「敷地内⁉　これが全部？　それにあれは、お、お城ですよ⁉」

「城といえば城に見えるな。曾祖父がドイツの建築家に建てさせたものだ。異国文化が好きな人だった」

「ドイツ？　それだから似ていると思ったのかも」

ダブルで驚いた後ではあるが、ドイツと聞いて納得する。理解できるとなんとなく落ち着いた。

「似ている？　なにに？」

意外にも魁成が問い返してくる。澪の疑問に答えたから会話は終わりかと思った。

しかし、だんまりしたままでいられるよりはいい。澪はドイツの有名なお城に似ていると思った話や、それがドイツ旅行で一番のお気に入りだった話などをした。

「確かに、件の城に似ているかもしれないな。内装はそこまで豪華ではないが。ドイツには、いつ行ったんだ？」

「大学四年の時です。夏季休暇に一週間」

「四年ほど前か。まだ小笠原が順調だった頃。学生最後の思い出に贅沢させてもらったというところか。よかったな」

なんとなく馬鹿にされた気がした。そうではないにしても親にねだって旅費を出してもらったと思われたのがいやで、澪は少しムキになる。

「違います、自分でアルバイトして貯めたお金で行ったんです」

「アルバイト？　君が？」

「家庭教師をしていました。一年生の時から受け持ったのが資産家のご令嬢で、アルバイト代もよかったし、成績が上がるとご両親が喜んで臨時ボーナスを出してくれたんです。おかげで交通費もホテル代も食事代もお土産代も、全部まかなえました」

一気に話すとスッキリする。いろいろと複雑な思いがあって頑張った結果の旅行だったので、お嬢様の我が儘のような目で見られるのはいやだった。

スッキリしたのはいいが、澪は二の句が継げなくなった。魁成が、ぽかんとした顔をしている。

どうしたのだろう。澪があまりにも意地になって話すから呆れたのだろうか。いやその前に、彼がこんな顔をするなんて想像がつかない。

本人も自分の表情に気まずさを覚えたのかもしれない。さりげなく片手で鼻から下を覆い、澪から視線をそらす。

「なぜアルバイトなど。君は、特にご祖父様に可愛がられていたと聞いた。自ら労働する必要などなかったのでは？」

「……だから、やりたかったんです」

ドイツ旅行の話をするたび、何人もの人から魁成と同じ言葉を言われた。澪は顔をそらし居住まいを正す。

「女の子だから、いらない苦労をさせたくない。祖父はそういう人で、幼い頃から不便ないようなんでも与えてくれる人でした。ですが……」

「なに不自由ないというところが、君はかえって不安だった、というところか」

言い当てられてしまった。単純な理由だったのだろうか。澪は素直に首を縦に振る。

「だから、大学生になってアルバイトを始めて、自分にとって大きな自信になることをしようって決めた。それが、自分の力だけで成し遂げるドイツ旅行でした」

「自信はついた？」

顔を向けると、魁成はいつもの落ち着いた表情に戻っていた。澪が「とても」と微笑むと「そうか」とタブレットに視線を落とす。

会話はここで終わりだろうか。西園寺邸も近いようなので、あとは沈黙でも気にならないだろう。

窓の外に目を向ける。芸術性の高い場所だとは思ったが、すでに敷地内だったとは。

(敷地内にゴルフ場とかありそう。冬はスキーができたりして)

冗談半分そんな想像をする。すると、魁成がポツリと呟いた。

「……尊敬する」

「え？」

「君のそういうところ……」

言葉を濁し、彼は黙ってしまう。だがそう言った時の魁成が切なげに微笑したように見えて、刹那、胸がギュッと締めつけられる。

(尊敬？ わたしに、尊敬するって言ったの？ この人が？)

とうてい信じられない反応だったし、言葉を濁されたのも気になる。彼はなぜひとり旅くらいで、あんな顔をしたのだろう。

考えていると、なぜか頬にあたたかみを感じる。そんな自分の反応も信じられなくて、澪は窓の外に視線を戻す。

「お屋敷は見えてきましたけど、この広さではまだかかりますね」

「いや、もうそろそろ到着する。行くのは屋敷じゃない」

「え？」

再び顔を魁成に向ける。彼はタブレットを傍らに置くと、澪の腕を引いて顔を近付けた。

「俺たちがふたりだけで暮らす、離れだ」

「離れ？」

「屋敷にいるといろいろと面倒だ。来客があれば相手をしなくてはいけないし。結婚前の君にそんな煩わしい思いをさせたくはない。俺もしたくない。結婚して落ち着くまで、離れでの生活になる。準備は整っているから心配はない」

「は、はい」

強い意思を感じる瞳で見つめられ、はい以外にどんな返事ができようか。

「食事はシェフが作るし、掃除もメイドがやる。君には世話係がつくから、なんでも言いつけるといい。必要なものも頼めばすぐに用意させる」

「そんな、世話係なんて必要ありません。わたし、自分のことくらいは自分で済ませられます」

「君が頭のいいなんでもできる女性だというのは知っている。だが、話し相手は必要だと思わないか？」

「話し相手？」

「そのくらいのつもりでいればいい」

魁成が自分のシートベルトを外し、澪に覆いかぶさるように唇を重ねる。

まさか車が走っている最中に、こんな行為に出られるとは思わない。突然のことに驚いて目を見開いたまま固まっていると、唇を離した魁成がふっと微笑んだ。

「あ、あの。魁成、さんっ」

「うん、自分の力で旅をしたと自慢げだった君をひるませるのは、なんとも気分がいい」

「はあ？」

不快な声をあげると、魁成は喉で笑いながら離れる。先ほどの話が、どこか不快だったのだろうか。それともただからかっているだけなのか。

どちらとも見当がつかない。澪は諦めるように肩を上下させ、息を吐いた。

離れという場所での生活が待っているようだ。離れというのはどんな場所なのだろう。人がふたり生活できる程度の場所と思えばいいだろうか。

同棲をしている同期や、すでに結婚した友達のマンションなどを頭に浮かべながら、澪はまだ見ぬ離れに思いを馳せる。

ほどなくして、魁成が澪のシートベルトを外した。

「到着だ」

「え？　ここですか？」

窓の外に目を向け、澪は不審げな声を出す。車は〝離れ〟の玄関前に停まっているらしい。その〝離れ〟が問題なのだ。

先に車を降りた魁成が、澪側のドアを開けてくれる。手を差し出され、素直にその手を取った。

「これが……離れ、ですか？」

目の前の建物を凝視したまま車を降りる。そこにあるのは――とても豪華な一軒家だ。

建物自体は平屋造りなのかもしれない。それにしても屋根が高く、左右見渡す限り壁が続いている。両開きの大きな扉の前にはふたりの男女が立っていた。

（離れって雰囲気じゃないんだけど。離れって、もっと、こう、こぢんまりとした建物じゃない？）

「祖父母がこちらの屋敷に来た時に使っていたものだ。数年使っていなかったが手入れはしてあるし壊れているものもない」

「おじい様とおばあ様がお使いになっているお家なのに、いいんですか？」

「祖父母はもうここには来ない。必要なくなった」

澪はハッとする。使っていた祖父母がもう来ないというのは、すでに他界しているという意味ではないのか。

知らなかったとはいえ、デリカシーのないことを口にしてしまった。謝ろうとした矢先に、魁成が小さなため息をつく。

「別の場所に好みの離れを建てた。ドバイで知り合った富豪の家のデザインがたいそう気に入ったらしく、この離れとは反対側の土地に建っている。まったく、思い立ったらすぐに行動しないと気がすまない人達だ」

やれやれと言いたげな口調。ため息はそんな気持ちから出たらしい。

「そうなん、ですか」

謝る前でよかった。勘違いで恥ずかしくなるところだった。

ドアの前にいた男女がふたりの前にやってくる。紹介してくれたのは、車を運転していた志賀崎《しがざき》だった。

彼は例のバーで魁成に命じられて澪に声をかけてくれたり、昨日小笠原家へ迎えに来てくれたりと世話になった眼鏡をかけた人物だ。

魁成専属の付き人で世話役や秘書も兼ねているらしい。四十五歳だそうだが、姿勢がよく動きに切れがあるせいかそこまで年齢が上のようには感じない。

「こちらのふたりは担当シェフの板垣《いたがき》と、澪様のお世話役となります飛川《とびかわ》でございます。どうぞお見知りおきを」

紹介された後、シェフの板垣が笑顔で口を開く。

「よろしくお願いします、奥様。食べたいものがあったらなんでもおっしゃってください。自分、スイーツも得意です」

背が高くガッシリとした体格。スイーツが得意と言われると、ダイナミックな山盛りスイーツが出てきそうなイメージだ。

三十代前半くらいだろうか。笑顔が明るく感じのいい男性で少しホッとする。澪も挨拶をしようとしたが、その前に女性の方が口を開いてしまった。

「飛川です。奥様のお世話をさせていただきます。よろしくお願いいたします」

知的な美人で真面目そうな女性だ。見た目そのままの口調で綺麗なお辞儀をする。雰囲気のせいかもしれないが、澪よりは年上に見える。

板垣がシェフ姿なのはわかるが、飛川の方は紺のクラシカルなワンピースに白いエプロン姿で、まるでメイドのようないでたち。やはり財閥のお屋敷となると、使用人の服装も統一されているのだろうか。

「小笠原澪です。今日からこちらでお世話になります。よろしくお願いします」

ゆっくりとお辞儀をして、澪はふたりに向けてにっこりと微笑む。

「気を遣っていただき、ありがとうございます。ご存じとは思いますが、わたしはまだ魁成さんと結婚したわけではありません。奥様ではなく、気軽に名前で呼んでください」

「いいんですか？」

「ですが……」

板垣は早速その気になって笑顔を見せたが、飛川は難色を示す。反論しかかった言葉を止め、魁成に視線を向けたのがわかった。

それに応えるよう、魁成が口を開く。

「澪もそう言っている。急にこんなところへ連れてこられて落ち着かないだろうし、緊張もするだろう。気軽に接してやってくれ」

（わかってるじゃないですか）

澪は心の中でこっそり呟く。昨夜、呼び出されてからここにいたるまで、まだ二十四時間も経っていないというのにこの急展開。

返事をした瞬間、澪の未来が決まり、婚前交渉に持ち込まれ、実家にも会社にも戻れなくなってしまった。

誰だって、落ち着いてなどいられない。

「承知いたしました。澪様、よろしくお願いいたします」

「よろしくお願いします、澪様」

呼びかたは変われど、飛川は相変わらず真面目で、板垣は明るく気負いがない。それでも、歓迎されていないわけではないようなので、ちょっと安心した。

安堵したのがわかるのか、魁成が澪の肩を抱き、ポンポンっと叩く。

「他の使用人も出入りはするが、このふたりと志賀崎に君のことを任せてある。なにかあれば、遠慮なく頼りなさい」

「はい、わかりました」

返事をして魁成に顔を向けると、彼がジッと澪の顔を見ている。見つめ合うにはふさわしくない胡乱《うろん》げな目だ。今のひと言では納得できなかったのだろうか。他にもなにか言った方がいいのかと考える。

「板垣さんはスイーツがお得意だと言うし、楽しみです。飛川さんにも、いい話し相手になってもらえそう」

これでいいだろうかと思いつつ笑顔を繕う。魁成が小さく首を数回縦に振ったので、心の中でホッと安堵の息を吐いた。

「佳美《よしみ》、例のものは」

まだ聞かない名前が飛び出す。魁成の問いかけに動いたのは、飛川だった。彼女は魁成の横に立ち、手に持っていたふたつ折りのクリップボードを差し出す。

「ほとんどそろっております。パーティー用は魁成様が目を通してくださった方がいいと思いまして、候補だけに留めました」

「そうだな、そうしよう」

「それと、ここには載っておりませんでしたが、必要かと思い、独断でこちらを」

「ああ、そうか。そうだな、確かに必要だ」

「こちらはどうでしょうか？　一応、押さえさせてはいます」

「いいな。佳美に任せてよかった」

「おそれいります」

――なんだろう、この雰囲気は。

なんの話をしているのかわからないのはもちろん、入り込めない雰囲気がある。おまけに、魁成の反応がとても柔らかい。

今までの印象として、彼は自分が絶対で、自分が決めたことを突きとおすイメージがあった。こんなふうに、人の意見に耳をかたむけながらうなずいている姿など予想外だ。

「魁成様」

飛川が咎めるような声を出す。なにかを察した魁成が澪に目を向けた。

話を中断させてこちらを見たので、なんだろうとドキッとする。魁成がクリップボードを見せてくれた。

「洋服を中心に、澪の日用品をそろえさせた。とはいえ少量だ。すぐに採寸をして仕立てさせる」

「そんな、洋服なんて実家から持ってきます」

「必要ない。澪には最低限、婚約発表が済むまでは実家との連絡も断ってもらう」

「断つ？」

逃げられたら困るから自分の手元に置くのだという話は、ここへ来る前にされた。

澪が怖気づいてやっぱりやめると言わないように、そばに置いて魁成に慣らすつもりなのかと考えたのだが、家族に会うどころか連絡も断てと言う。

「婚約発表はすぐに行うつもりだ。周知させてしまえば、どうあがいても君は逃げられなくなる」

「わたしは、そんなに信用されていないんですか？」

「信用？　なにを言っている。これは君のためだ」

どう考えたらそんなセリフが口から出るのだろう。苛立ちかけるものの、そこへやんわりと志賀崎が口を挟んだ。

「いつまでも立ち話をしなくても。中へ入りましょう、澪様もお疲れのはずです。魁成様、板垣が大きなストロベリータルトを作って待っていたのですよ。とてもうまくいったらしく、魁成様が喜んでくれるかソワソワしております。早く食べてあげてください」

魁成の視線が素早く澪から板垣へ移る。

「そうなのか、板垣」

「はいっ、今朝のイチゴが絶品で。嬉しくなってしまって、これはタルトにするしかないなと」

「わかった。すぐに行こう」

「ご用意します」

板垣と志賀崎が、先に歩いて両側から扉を開ける。遠目にも豪華なエントランスが見えてギョッとした澪の背中に手をあてて、魁成が中へうながそうとする。

「魁成様、澪様はお疲れかと思います。リビングでお茶をされるより、お部屋でお休みになりたいのではと存じますが」

口を出したのは飛川だった。ピタッと立ち止まった魁成が澪を見る。

「そうか、疲れているか」

「い、いいえ、ずっと車で座っていただけですし、大丈夫です」

ストロベリータルトの話題が不可解すぎて、苛立ちかけたものも飛んでいってしまった。お茶に付き合うくらいはいいかと彼に同調するが、飛川が澪の背後に立った。

「澪様のお気持ちをお考えください。いきなりご実家から引き離されて連れてこられたのです。疲れないはずがございません」

こんな風に庇ってもらえるとは思わず、澪は驚いて飛川を見る。彼女は澪ではなく真っ直ぐに魁成を見て話をしていた。……真面目な表情が、少し怖い。

「これから、ご婚約の発表やご親族へのご挨拶など、どんなに疲れていようと毅然と振る舞わねばならない機会が多々ございます。魁成様とご一緒の時くらい、休ませてあげてください」

「わかった」

魁成の手が澪の背中から離れた。

「澪は先に部屋へ行っていなさい。タルトは部屋へ運ばせよう」

「ありがとうございます」

魁成の後について歩き、屋敷内へ入る。広いエントランスホールにはシャンデリアが輝き、廊下は直線状に奥へ続いていた。

天井が高く天窓もある。自然の光が入るせいか、豪華なのだが開放的で心地のよい空気を感じた。

「澪様はこちらへ」

「あ、はい」

飛川にうながされ、ホールから右側に見える白い両開きの扉の方へ進む。魁成は志賀崎や板垣とともに左側の扉へ向かって行った。おそらくそこがリビングなのだろう。

「うわぁ」

部屋へ入った瞬間声が出た。やはり天井が高くとられ、合わせたような窓にはドレープが豪華なカーテンがしつらえてある。天井から垂れ下がるシャンデリア、暖炉にチェストにソファにテーブル。カーテンの刺繍や、大理石調のテーブルの周囲を取り巻く金細工から、モダンな雰囲気の中に隠された調度品へのこだわりを感じる。

昨夜泊まったホテルの豪華さも霞むほどである。

（この部屋で寛げ、と？）

まるで貴族が住んでいるような部屋だ。室内丸ごと美術品に見えてしまう。

「澪様、どうぞソファでお寛ぎください。すぐにお茶とタルトをご用意いたします」

飛川にうながされるままソファに腰を下ろす。お尻がそのまま沈んでいくのではと感じるくらい、柔らかくて座り心地がいい。

ふと気付くと、飛川がずっと澪の顔を見ている。部屋に入ってからずっと驚きっぱなしでみっともなかっただろうか。澪は意識をして表情を改め、にこりと微笑みかけた。

「あの、飛……、佳美さん、先ほどはありがとうございました」

「お礼を言っていただくようなことはしておりません。それと澪様、どうぞ『飛川』とお呼びください。敬称などは不要です」

「魁成さんがお名前で呼んでいらしたし、わたしにもお名前で呼ばせていただけませんか？　まったく同じ呼びかたは魁成さんに失礼かと思うので、せめて『佳美さん』と呼ばせてください。その方が、わたしも呼びやすいです」

魁成さんに、を強調し、あくまで彼をたてる形をとる。

澪が呼びかたを変えてほしいと言った時、佳美は魁成の意見を気にした。澪の世話役としてつけられてはいるが、佳美にとっての〝主人〟は魁成なのだ。それなら、澪も魁成を盾にすればいい。

佳美は一瞬戸惑った様子を見せたが、すぐに落ち着きを取り戻した。

「かしこまりました。澪様のよろしいように」

「ありがとうございます」

ひとつ了解をとり、澪は話を続ける。

「それと、さっきお礼を言ったのは、わたしが疲れているだろうと魁成さんに言ってくださったからです。やっぱり、お部屋でゆっくりできるのは嬉しいです」

「澪様のお役に立てたのなら幸いでございます。こちらのお部屋は魁成様と澪様のお部屋になっておりますので、内装などはこれから好きに変えていただいて構いません。昨夜魁成様の指示があってから急ぎで整えましたので、足りない部分があればお申し付けください」

小笠原家へ手を回したのと同時に、魁成は離れの用意も指示したのだ。それにしても、昨夜指示をされてこんなにも不足なく整うものだろうか。

エントランスやこの部屋のシャンデリアだって曇りひとつないほどに輝いているし、調度品のひとつにしてもそんなに古いものではないと感じる。

「このお屋敷……離れは、普段もどなたかが使っていたのですか？」

「いいえ。手入れはしておりましたが、二年ほど大旦那様方もこられませんでしたので」

「一晩でここを整えたんですか？」

「魁成様のご指示ですので」

それ以上の説明はいらない。おそらく西園寺財閥という組織の中で、魁成の指示は〝絶対〟なのだ。

「ベッドルームにはウォークインクローゼットがございます。澪様が数日お使いになれる量をご用意させていただいておりますので、他は魁成様とお選びください。のちほど、専門の者が採寸に参ります」

「わざわざ作っていただかなくても。市販のサイズで大丈夫なんですが」

「澪様」

佳美の声に鋭さが混じる。思わずシュッと背筋が伸びるような声だ。

「お披露目の前であろうと、澪様はすでに魁成様の奥様になられる方だということをお忘れにならないでください。小笠原家のお嬢様でいらした時と同じ気持ちでは困ります。身に着けるものひとつでも、西園寺財閥の人間である意識を――」

「なんだ？　もう小言を言われているのか？」

佳美の迫力に押されて背筋を伸ばしたまま聞いていると、魁成が部屋に入ってきた。うしろからワゴンを押しながら板垣も入ってくる。

「小言ではありません。西園寺家の人間としての常識をですね――」

「佳美が言う常識に間違いはないだろうが、到着したばかりだ。勘弁してやったらどうだ。澪が疲れているだろうと教えてくれたのはおまえだ。今それを説くのは、余計に疲れさせることではないのか」

「そうですね」

伸びていた背筋がふにゃっと崩れる。即答で肯定した。ひと言も言い返さないのは、心から理解したからなのか、主人の命に従っただけなのか。

到着してから見ていた限り、佳美は自分の意見を主人である魁成にシッカリと言える。また、それが正しければ魁成も聞き入れる。

主従関係からの妥協でないとすれば、本当に理解したのだろう。

しかし本当に返事が早くて驚いた。

「失礼いたしました澪様。西園寺家の人間としての心構えは、徐々に心得ていただけると幸いです」

「は、はい、わたしの方こそ、自覚が足りずすみません」

話が進むあいだにも、板垣がテーブルにカットされたストロベリータルトと紅茶をふたり分並べていく。どうやら魁成も部屋で食べるようだ。

佳美もそれに気付いたらしく、ちょっと驚いた顔をする。

「魁成様も、こちらで？」

「ああ、澪と一緒に食べようと思って運んでもらった」

「いいのですか？」

「なにが」

「一緒にお食べになるということに対してです」

「すでにともに食事はしている。別に不都合はない」

「……承知いたしました」

どことなく、承知いたしかねる雰囲気が漂ってくるが、それがなぜだかわからない。

ひとまず口を出さずにおとなしく座っていると、魁成が板垣とディナーのメニューについて話をしている隙に、こそっと佳美が耳打ちしてきた。

「ストロベリータルトは魁成様のお気に入りです。どうぞ驚かれませんように」

どういう意味かを聞きたいところだが、こっそり言ってきたくらいだ、魁成に気付かれたくないのだろう。

了解代わりに笑顔でうなずく。不安そうにしつつも、佳美はワゴンを引き上げる板垣と一緒に部屋を出て行った。

「聞いていなかったが、タルトは好きか？　板垣が作るスイーツの中でも、タルトは絶品だ」

「そうなんですか？　甘いもので嫌いなものはないです。楽しみ」

「特にストロベリータルトは最高だ。使用するイチゴの選別がいいのだろう。彼が選ぶと、タルトの甘さにしっくり馴染む」

「プロの目利き、というやつですね。すごいです」

「食べてごらん。少し大きめにしてもらっている」

「あ、ありがとうございます」

言われてみれば、カットが少々大きめのような気がする。ストロベリータルトがお気に入りだとは聞いたが、心なしか口調も明るく、本当に好きなんだとわかる。

(甘いタルトが好きだとか、ちょっと想像できなかったな)

そういう風に見えない、というのは偏見だ。だが、先ほどホテルで一緒に食事をした時に出てきたスイーツやフルーツに対しては、こんなに陽気にはならなかった。

「今日の出来もよかった。いや、少し腕を上げたのでは」

自分の皿と澪の皿をテーブルから取り、隣に腰を下ろして差し出してくる。おかしくなりながら両手で受け取った。

「なんだか、もう食べたような言いかたですね」

「切り分けている時に一ピース味見をした」

「そうなのですね」

すでに食べていたようだ。ひとまず追及はせず笑顔で流す。

佳美が忠告していった意味がよくわかる。事前に知らなければ驚きで呆然としてしまうところだ。

タルトの表面には赤いイチゴが隙間なく並べられている。それもすべて食べやすいようスライスされていて、その切り口が生み出す曲線が見た目を芸術的に仕上げていた。

眺めているだけでも飽きない。板垣の腕がいいというのは、味だけではなくこういった芸術性も加味しての評価なのだろう。

「食べるのがもったいないですね、魁成さ……」

魁成に顔を向けて言葉が止まる。もったいないと言ったものの、相手はすでにパクパクと食べている。

それも、なんだか幸せそうだ。

（気のせい、じゃないと思う）

笑顔で食べているわけでも、夢中になって食べているわけでもない。姿勢は正しく、フォークを掴む手も指先まで優雅、なのだが。

食べている表情が、柔らかい。

（ほんっとうに、好きなんだ）

改めて思う。また、改めて、佳美が教えてくれてよかったと心から思う。後でお礼を言っておこう。

陶器人形かと見間違うような美丈夫が、嬉しそうにストロベリータルトを食べる光景はなんとも罪深い。恐ろしいほどのギャップに、こちらが気を遣って目をそらしてしまうレベルだ。

（でも、なんかちょっと可愛いな……）

我ながら大それたことを考えてしまう。しかしそんな焦りも、タルトをひと口口に入れた瞬間、疾風のごとく吹き飛んだ。

「ええええっ、美味しいですねっ」

「そうだろう？」

つい興奮して大きめの声が出てしまう。また、魁成の返しの早さよ。

「味見をしているのに、また食べられちゃう魁成さんの気持ちがわかります」

「好きな物なら食べられるだろう」

「物によりますよ。魁成さんが甘いタルトとか、ちょっと意外すぎました」

「おかしいか？」

「いいえ、ぜんぜん。むしろ、魁成さんが好きなものがわかって嬉しいです」

話をしながらも、ふたりはパクパクとタルトを食べ続ける。美味しさで気持ちが高まっているせいか、ポンポンと行き来する会話のキャッチボールが楽しい。

そのボールが澪で止まる。なにげなく魁成を見ると、彼は食べるのをやめてジッと澪を見ていた。

見つめる、というのとは違う、探るような視線に思える。

「俺の好きなものがわかって嬉しい。本当にそう思っているように見える」

「思っていますよ」

「なぜ」

それはこっちが聞きたい。なぜ疑うのだろう。

澪は半分ほど食べたタルトの皿をテーブルに置き、紅茶を手に取って口腔を潤す。ストロベリータルトにとても合った紅茶だ。まるでそれのために作られたかのようなフレーバー。

おそらく、本当にそのために作られているのだ。魁成の嗜好品のために特別に調合されている。それが彼の普通。

「魁成さんとは、知り合ったばかりです。知り合った翌日には結婚が決まった。そして今日は、一緒に住むと決まった。大きな事柄ばかりがぽんぽん決定して、気持ちがついていっていません」

おまけに婚前交渉付きだった。澪はなにもかも初めてで、家や会社のことがなければ平気でなどいられない。

だからこそ、西園寺財閥の次期総帥としての顔以外の、彼の素が見られるのはありがたい。

「ですから、魁成さんを知れるのは嬉しいです。魁成さんは、わたしについていろいろご存じのようですが、わたしは魁成さんの表面上のことしか知りませんから」

「表面上を知っていれば十分なのでは？　基本的な情報があって、あとは行動パターンが読めれば人との交流など、どうにでもなる」

「そうでしょうか。相手をもっと知りたいと思いませんか？」

「必要がない。必要だったことがない」

「それはきっと、魁成さんが頭のよい方だからですね」

険のない言いかたに留め、澪はティーカップに口をつける。

魁成と話をしていて、なんとなくわかってきた。彼は、人の様子を探るのが非常にうまい。

仕草だったり、ほんの小さな表情の変化だったり、声のトーンだったり。些細なものからその人の心情を感じとってしまうのだ。

出会った時から今まで、たびたび澪の様子をジッと眺めている。心を見透かされているような発言をされたのも一度や二度ではない。

それだから、相手を理解しなくてもいいなんて、……寂しいことを言うのだ。

持っていたティーカップとソーサーを魁成に取られる。それらをテーブルに置いた彼は、澪の両手を取った。

「おそらく、俺の発言は君には理解できないだろう。それは君が、相手を理解しながら生きてきたからだ。しかし、理解しようなんて考えない方がいい付き合いもある。今は頭にだけ入れておくといい。ただ、忘れるな。君は西園寺財閥の次期総帥の妻になる人間だ」

どんなに取り繕っても、本心はすぐに悟られてしまう。魁成にごまかしは通じない。魁成の言葉の半分は理解できるが、残り半分はまだよくわからない。それでも澪は、微笑んで「わかりました」と返事をする。

今、彼の機嫌を損ねるわけにはいかない。小笠原家と、会社のためにも。

微笑む澪の顔を、魁成は怜悧な瞳で見つめている。美しい人だと思うのに、整いすぎていて逆に怖い。彼を見ていると、唐《とう》の詩人が詠《うた》った紫電清霜《しでんせいそう》という例えを思いだす。

姿形が美しく、堅固な節操を持つ人。

西園寺魁成とは、そういう人だ。

「無理をするなと言ってやりたいが、今はそれでいい」

澪から手を離したかと思うと、そのまま肩を押される。ソファの座面に背がつき、あっと思った時には覆いかぶさってきた魁成に唇を塞がれていた。

すぐに厚い舌が潜り込んでくる。丹念に口腔内をたどるその軌跡は、まるで澪をじっくりと舌で理解しようとしているかのよう。

（理解？）

彼にとって、澪は理解するに値する人間なのだろうか。

体裁を保つために、家柄や血筋で決められた結婚相手。「理解しようなんて考えない方がいい付き合い」の部類にいるとしか思えない。

ふと、心の中を砂嵐が吹き抜ける。なんとも形容しがたい虚無感。

――寂しい。

思いがけず充ちる感情。重要な役割としての結婚であるはずなのに、自分の存在はハリボテのように軽く感じる。

強弱をつけて口蓋をもてあそぶ舌先は、澪が反応して下唇を震わせるのを楽しんでいるかのよう。漏れる吐息には、知らず甘いトーンが混じる。「澪」と囁く魁成の声の艶やかさが、寂しいと感じた心に沁みて痛い。

澪は魁成の背中に腕を回し、自分を意識させるかのよう、強く抱きついた。

なぜそんなことをしてしまったのか。寂しいと思った気持ちをわかってほしかったのか。自分でもよくわからなかった。

朝は、目覚ましがなくても自然に目が覚める。いつもだいたい六時前後。

魁成と初めて夜を明かした翌朝は、目覚めるのがいつもより少し遅かった。少しというか十時を過ぎていたので大幅に遅かった。

それもなんと魁成の腕の中で目覚め、彼の方が早く目を覚まして澪の顔を見ていたというおまけつき。

恥ずかしさのあまり、呑気に寝ていてすみませんと謝ったところ「俺が疲れさせたのだから、君が謝る必要はない」と言われ、疲れさせられた原因を思い出して余計に恥ずかしくなったのだ。

羞恥の上塗りはしたくない。離れでの最初の朝はいつも通り起きようと、念を込めて意識をしたのである。

離れで迎える最初の朝。目覚めた時刻は六時、いつも通りだ。

いつも通りではないのは、ここが魁成と澪の寝室で、キングサイズのベッドの中だということ。もうひとつ、隣で男性が眠っているという事実。

（あれ？）

薄く開いた目をハッと見開く。隣で寝ているはずの魁成が、いない。

とっさに勢いよく上半身を起こす。上掛けが身体から落ち、自分が裸だと思い出して慌てて胸元で押さえた。

「起きたのか。ゆっくり寝ていなさい。疲れただろう」

深読みすれば羞恥が顔に出そうになる彼の言葉を必死にスルーして、声の方を見やる。ウォークインクローゼットの前で魁成が着替えている最中だった。

澪を起こさないように気を遣ったのだろう。朝の光がベッドにあたらないよう、カーテンを一部分だけ寄せている。

「おはよう、ございます。魁成さん」

「おはよう」

戸惑い気味に声を出す澪に反して、魁成は淡々としている。窓から射し込む光に反射して、より白く見えるワイシャツ。トラウザーズにブレイシーズ姿の彼は、まるでスポットライトを浴びた絵画のようだ。

袖をカフスボタンで留める指の動きさえ美しいと思える。思わずぼんやりと見惚れそうになり、ハッとして頭を左右に振った。

「魁成さんは、朝の準備が早いんですね」

「今日は早朝から移動が長い。思い切った遠方ならジェットを飛ばすのに、移動が思い通りにいかないのは憂鬱だ」

「そうですね、遠方なら飛行機の方が……。ですが飛行機も時刻表通りにしか飛びませんし」

「俺の持ち物だ。いつでも飛べる」

「持ち……」

言葉を出しかかったまま表情が固まる。飛行機の話をしていて「俺の持ち物」と言われてしまった。それもサラッと。

（飛行機？　自分の？　え？　ラジコンとかじゃなくて？）

価値観が迷走する。動揺しないためにも、澪はスンッと自分を落ち着かせた。

（世界に名だたる西園寺財閥の次期総帥だもの。プライベートジェットの一機や二機所有しているくらいで驚いちゃいけない）

十分驚いていいことだが、そうでも思っておかなくては魁成の妻としてやっていけない気がする。

「もう少しゆっくりしていていい。英気を養って体力を温存して、婚約披露パーティーに備えておいてくれ」

「はい、それはもちろん備えるつもりでいます。ですから、その前に小笠原の会社へ様子を見に行ってきてもいいでしょうか」

「なにをしに」

「会社というものが『結婚します、明日からきません』『はい、わかりました』で済むものではないと、魁成さんもご存じだと思うんです」

ちょっと意地の悪い言いかたかもしれないが、魁成は勘がいい。澪が自分の仕事を心配していると悟ってくれるだろう。

「必要ない。君の仕事は、すでに他の人間に引き継がれている。社長秘書も西園寺側から手配した」

少しは期待したものの、魁成の回答は澪の想像の上を行っていた。

「社長の小笠原氏にも説明済みだ。体調が回復するまで、社長代行として滋氏をあてた。余計な金策と取引先への説明、謝罪とお願いで頭を下げる毎日から解放してやらねば、彼は力を発揮できない」

素早い根回しに言葉が出ない。滋が社長代行を勤める、本来の手腕を発揮できるようになると思うと、わずかに胸が躍る。

「彼には先見の明がある。若く新しい思考で、小笠原は生まれ変われる。西園寺から派遣した精鋭たちが、その手助けをする。父親をしのぐものが散見できるようなら、代替わりを早めるのも手だ。もちろん、資金面に関して一切の心配はいらない」

話をしながら、魁成はネクタイを結びウエストコートを着て、スーツの上着を手に取る。ベッドに歩み寄ると腰を下ろし、澪に顔を近付けた。

「なにも心配しなくていい。君はここにいるだけで、小笠原家も会社も救える」

「救える？」

ほんの些細な違和感に眉をひそめると、目の前の凛々しく綺麗な顔がふっと嘲笑を孕んだ。

「澪は本当に、頭がいい。君は間違ったことをしないと、安心できる」

笑んだ唇が重なってくる。一瞬湧き上がった憤りのまま彼の唇を噛み切ってやりたくなるが、理性がそれを引き留めた。

「早く帰ってくる。従順な婚約者を、今夜も疲れさせてあげたいからな」

魁成が立ち上がり、寝室の出入口に向かって歩き出す。彼が腰を下ろしていた場所に、見覚えのないスマホが一台置きっぱなしになっているのに気付いた。

「俺にだけ繋がる。用があれば使うといい。わかっていると思うが、他への連絡は必要ない」

行ってらっしゃいの言葉も出せないまま、澪はそのスマホを見つめる。ドアの開閉音がして魁成が部屋を出た後、そっと手に取ってみた。

パスコードロックは使われていない。壁紙に設定されているのは、昨日ここに来る前に話題にしたドイツの古城だ。

彼が言った通り、魁成のスマホの番号しか登録されていなかった。今の澪にとって、自由に動いていいのはこの離れの敷地内だけであり、連絡を取ってもいいのは魁成だけなのだ。

澪のスマホは昨日からどこにもない。バッグの中に入れていたはずだが、昨日の朝にはすでになかった。おそらく魁成に処分されたのだろう。

会社にも家にも、誰にも連絡を取る必要はない。してはいけない。ただ、西園寺魁成の妻となるべき婚約者でいればいい。

それが、すべてを救ってもらうために魁成と交わした約束だ。

『君はここにいるだけで、小笠原家も会社も救える』

魁成はそう言っていた。「救える」と。

つまりは、澪がここからいなくなり、魁成との約束を破れば「救えない」ということ。

番号登録されていなくたって会社の電話番号はわかるし、滋の番号だって記憶している。もちろん小笠原家も。

だが、かけてはいけない。魁成が納得できる理由で許可を得ないままそんな行動を取れば、どんな報復が待っているかわからない。

従うしかないのだ。彼に。

この離れに閉じこもって。魁成や、この離れに関わる人間とだけ接触を持って。

考えていると気持ちが重くなってくる。気分転換にシャワーでも浴びようかと、スマホを枕元に置きベッドから下りようとした。

「あ……」

自分が全裸なのを思い出した。大きな浴室の他、ベッドルームの奥にはシャワー室がある。裸でも澪ひとりなのだから気にする必要はない。急いで行けばいい。

速足でシャワー室へ向かう。向かっているつもりだが、実際にはのろのろ歩きでしかなかった。

気持ちと連動するかのように足が重い。まるで、囚人を表したイラストで目にする鉄球がついた足枷《あしかせ》でもついているかのよう。

重さを感じながらも、澪は必死に足を前へ進める。立ち止まってはダメだ。澪がくじければ、すべてが終わってしまう。

きっと父の容態も回復へ向かうだろう。一度はすべてを捨てようとした父が自分を取り戻してくれるのは嬉しいし、なんといっても嬉しいのは、魁成が思った以上に滋を評価してくれていることだ。

滋なら、小笠原商事を新しいものにしてくれる。澪にもそんな思いがある。業績の不振で滋が活躍できる場所を与えてあげられないのが、なによりもつらかった。

窮地に陥っても自覚がなく安穏としていた母や華湖だって、環境の変化に苦しまずに済むし、会社が無事なら社員たちだって助かる。

最善策であるはずなのに。この足の重さはなんだろう。

『君は間違ったことをしないと、安心できる』

そう言った魁成を思い出す。

綺麗な微笑みだった。見惚れてしまうほどに。

同時に、怖いくらいの憎しみが湧き上がりかかったが、自制心がそれを鎮めた。

一族や会社を救う代償として、魁成は澪の自由をすべて奪った。だからといって彼に逆らってはいけないのだ。間違った判断をしてはいけない。せっかく安心してくれているのだから。

ここに連れてこられた時、これからどうなるのだろうという不安があった。それでも、ストロベリータルトのおかげで魁成の違った一面が見られたりして、気持ちはおだやかだったのだ。

そのせいか、昨夜は魁成の肌が沁み込んでくるかのように熱く感じた。

それなのに今は、こんなにも身体が重くて、心が寒い。

これが現実なのだ。望んだ以上の救済を施された代償。

婚約という名の足枷を引きずるようにシャワールームに入った澪は、コックをひねり、お湯が降り注ぐ前にタイルに座り込んだ。


澪が離れで暮らしはじめて、十日ほどが経った。

ここには騒がしさが一切なく、毎日がおだやかだ。

佳美や板垣、志賀崎の他にも使用人は出入りするが、皆んな笑顔で挨拶をしてくれる。余計な質問もされないし、聞く必要もない。

長いあいだ家や会社のことで神経を張りつめてばかりいたせいか、ここが同じ現実だと思えない。

気を張ることも、つらい現実を考えることもしなくていい。必要なものはすべてそろっているし、佳美のお世話も完璧で、着替え、食事、お茶や森林浴の準備まで、なにひとつ不足はない。

離れの周辺を散歩するくらいしか外には出られないが、散歩道は十分すぎるくらいに広く整っている。それにコースを外れてもこの広大な敷地から出られるわけではない。

　中庭は植物園のように美しく、書斎には蔵書はもちろんビジネス書やファッションの本、ＳＦ《エスエフ》や推理小説、外国の恋愛小説まである。澪が好きな作家の本もあって、これをそろえていたという西園寺の祖母とは趣味が合いそうだと感じた。

　平穏な日々に、頭も身体も慣れていく。そして、魁成にも慣らされている自分を感じていた。

「……今日は、なにをしていたんだ？」

　優しい囁き声が首筋の上で発せられる。唇の軌跡だけでも肌が敏感になるのに、吐息までもが澪に意地悪をする。

「今日は、書斎で会社の記録を見ていました。あっ、ＳＯＪのです。財閥や企業形態も知っておかなくてはと思いますから」

　特にそうしろと言われているわけではない。それでも澪は、魁成の妻になるのなら自分がすべきと考えられる知識の習得を怠らない。

「そうか、さすが、澪は勉強家だ」

　キングサイズのベッドの中。横向きになった澪の身体を、魁成がうしろから抱きしめる。今の回答が気に入ったのだろう。少し力が強い。

「魁成さん、苦しいですよ」

「苦しいだけ？」

うなじに唇が這い、身体を抱く片手の指がパジャマの上から腰をくすぐる。澪はそこに手を添えて身を縮め、くすぐったげに笑った。

「魁成さんっ」

ふたりはまだパジャマを着ているが、間もなくそれも取り払われるだろうことがわかる流れ。毎夜繰り返される戯れにも慣れてきた。

とはいっても、魁成がくれる特殊な熱や感覚に平気でいられるというわけではない。パジャマの前ボタンが外されていく。開いた隙間から忍ぶ手が胸のふくらみをまさぐると、澪の肌が悦び上半身が焦れる。

「澪は素直で実に前向きだ。性格も、身体も」

魁成は澪の反応が嬉しいのだろう。楽しげに言いながらパジャマを少しずつ下ろして白い肩に吸いついた。

「そんな澪が産んでくれる子どもも、きっと素直でいい子だろうな。楽しみだ」

「そんな、気が、早いです」

「早くない。入籍してしまえば、すぐ、だ」

身体をあお向けにされ、上体を起こした魁成にパジャマを身体から抜かれる。ネグリジェタイプなので、脱がされると一気に下着だけの姿になってしまうのが、まだ慣れない。

「婚約発表の日が楽しみだ」

今夜は魁成の機嫌がいい。婚約発表のパーティーを明日に控えているせいだろうか。

「自分の娘をけしかけようとしていた連中は悔しがるだろうな。公にしてしまえば、悪巧みもできなくなる」

楽しみなのは当然だ。正式に婚約を発表してしまえば、彼は数々の煩わしさから解放される。

そのための結婚。澪は体裁のために選ばれたのだ。

どれだけ戯れる時間を過ごしても、その後どんなに情熱的に抱かれても、彼の熱を与えられ酔わされても、愛されているわけではない。

徐々に吐息を熱くする唇と先を急ぐ手が、澪の所有権を誇示するかのように全身をめぐる。

片脚を高く上げられ、高揚感のまま魁成がふくらはぎから足首へ唇を這わせる。指でなぞられるのとは違う微電流に脚が引き攣《つ》り、つま先がピンっと伸びた。

そのつま先を細かく食まれ、くすぐったさを伴う快感に高く短い声が止まらない。

「小鳥みたいだ」

唇を離し、魁成がクスリと笑う。その脚を下ろして、自分のパジャマを脱ぎはじめた。

「わたしが小鳥なら……この離れは、鳥籠ですね」

「ん？」

「飼われているようなものですから」

口にしてしまってから、これは言わない方がよかったのではと迷いが生まれる。しかし官能の火が灯りはじめた心地よさで、ついこぼれてしまった。

「鳥籠か。そうかもしれないな」

澪の言葉に気分を悪くした様子もない。機嫌のいい口調で、魁成は澪を深く感じるための準備を施す。

「離れという籠に、閉じ込めているようなものだ」

顔を近付け唇の先で囁かれる言葉は、甘いトーンで艶めかしい。

「澪が鳥なら、逃げないように、翼をもいでしまおうか」

「もう、もがれているようなものです……」

自分でもよくわからないうちに、そんな言葉が出た。「そうだな」と魁成が呟いた直後、体内が彼の熱で満たされていく。

「かいせい、さ……」

そこからは、官能のままに声がかれるまであえがされ、余計な言葉はもう出ない。いつも通り、疲れて眠り込んでしまうまで放してはもらえなかった。

婚約パーティーは、外資系高級ホテルのパーティーサロンで執り行われる。

当日は午後にホテルのスイートルームに移動し、そこで身支度をしてパーティーに臨むのである。

出席者の名前をざっと聞いただけでも政財界の大物ばかり。それでも特別付き合いのある人物を厳選したというのだから、招待者の幅を広げる予定の挙式披露宴は、いったいどんな場になってしまうのか想像もつかない。

おまけに今日は初めて魁成の両親に会う。澪が離れにくる前からイギリスへ行っているという話しか聞いていなかったのだ。

魁成は澪を選んだことに自信を持っている。しかしやはり、親としては次期財閥総帥である息子の妻になる女だという目で見た時、なにかしら不満は出るのではないかと思うのだ。

　本当に大丈夫だろうか。魁成の妻として認めてもらえるのだろうか。そう思うと、やはり緊張する。

　そんな中、滋をはじめとした小笠原商事の取締役役員と、母と華湖が出席すると聞いて、気持ちが少し落ち着いた。

　父はまだ大勢の中に出てこられるほど回復していないので、今回は見送りである。少数でも、見知った顔、家族が同じ会場にいるとなれば安心する。会うのは久しぶりだ。そんなに長く話はできないかもしれないが、元気な顔が見られるだろうかと楽しみでドキドキする。

「素敵です。とてもよくお似合いですよ」

　スイートルームで身支度を手伝ってくれた佳美が、いつもの生真面目な声で褒めてくれる。褒めるにしては足りない感情を、同席するドレスメーカーの女社長が担ってくれた。

「ほんと、まあぁ、なんって素敵なんでしょうっ。素晴らしいですわ、可憐でお美しいお嬢様にピッタリです」

　身振り手振りで感動を伝えてくれる。これだけ褒められたら、誰でもその気になってしまいそうだ。

　女社長は弾む足取りでベッドルームのドアから顔を出し、リビングで待つ魁成に声をかけた。

「西園寺様、お待たせいたしました。どうぞ」

　身支度というものは、一般的に女性の方が時間がかかる。豪華になればなるほど、その差は開くものだ。先に準備ができた魁成は、澪が整うまでリビングで待たされていたのである。

「とぉってもお綺麗ですよ。さすがは西園寺様がお選びになったお嬢様です。お美しすぎて気絶されないでくださいね」

　そこまで言ってもらうのも申し訳ない。しかし澪自身を褒め、さらに澪を選んだ魁成を褒めるのはビジネストーク的にはいいのかもしれない。

「佳美さん」

　目の前の鏡を見つめ、傍らに立つ佳美に声をかける。付き添いで会場入りする彼女は、いつものメイド服ではなくブラックスーツ姿だ。

「はい、澪様」

「本当に、似合いますか？」

「本日の澪様には、これ以上のお召し物はないと思えます」

「ありがとう」

感情を感じない声だが、大袈裟に褒めてくれる女社長よりも信用できる。

鏡には、イブニングドレス姿の澪が立っている。離れへ来た日に採寸し、魁成がデザインを指定してオーダーした。

アイボリーからソフトグリーンへと変わるグラデーション。イブニングドレスらしく背中が大きく開くデザインながら、クロスバックであるがゆえに露出を抑えた印象にできる。ウエストは高い位置から切り替えられ、ラッフル状にフリルを作られたスカート部分は動くごとにふわふわと可愛らしい動きを見せる。

着心地もとても軽く柔らかい。胸元が開いていて恥ずかしいが、ここに三連パールのネックレスをつける予定なので、少しは紛れるだろう。

胸元に行っていた目を鏡に移すと、背後に魁成が立っているのが目に入った。

目を見開き彼の姿に見入る。着替えた姿を今初めて見たのだが、テールコートを身につけた魁成は、いつにも増して素敵だ。

普段から陶磁器人形のような繊細な美しさを感じさせる人なので、いつも以上に素敵に見えるとどう表現したらいいのかわからなくなる。

「まあ、お嬢様。今からそんな状態では挙式本番では見惚れて動けなくなりますよ」

女社長は楽しそうに笑う。確かにそうだ。挙式の時の彼は、きっともっと素敵に違いない。

冗談ではなく、見惚れて動けなくなったらどうしよう。それよりも失神してしまうかもしれない。困って身体を竦める澪の背後に、魁成が立った。

「いや、俺の方が動けなくなるかもしれない。綺麗だ。とても似合っている」

そう言いながら澪の首にネックレスをつける。鎖骨からV字型に垂れさがるデザインが、ほどよく胸元をかくしてくれる。ダイヤにパールがあしらわれており、可憐ながらとても上品で豪華だ。

「やはりこっちの方がいい。これを着けなさい」

「ですが、用意したものがありますし」

「用意したものもいいが、こちらの方が豪華さがある。澪は清楚な顔立ちだから、このくらい華やかなものも嫌みにならない。よく似合っている」

「本当に豪華ですね。こんなにキラキラしたアクセサリーは、初めてです。こんな高級な……。綺麗ですね」

値段を話題にしそうになり、さりげなく話題をフェードアウトさせる。微笑んでネックレスを褒めると、魁成も微笑する。

「気に入ったみたいだな」

「はい、ありがとうございます」

「このネックレスは両親のイギリス土産だ。礼ならふたりに言ってやってくれ」

「え？」

胸元から鏡に目を戻すと、魁成がうしろを振り向いている。ベッドルームの出入口にふたりの男女が立っているのが目に入って、澪は慌てて振り返った。

見るからに存在感のある紳士と、寄り添う貴婦人。漂う高貴なオーラは、魁成の両親だと言われて何の疑いもない。

なんといっても、ふたり並んでいると絵画のような上質な美しさを感じる。魁成の造形美はここからきているのかと納得だ。

先に澪に近寄ってきたのは母親のほうだった。澪の手を柔らかく取り、微笑んだのである。

「ごきげんよう、澪さん。お会いできて嬉しいわ」

「魁成自ら選んだ娘さんだと言うから、お会いできるのを楽しみにしていましたよ」

続いて父親が近寄ってくる。ニコニコしているわけではないが、威厳の中におだやかさを感じられる人だ。

　会えるとわかってはいたが、予告もなくいきなりだったせいで焦りが募る。しかし慌てるわけにもいかない。まずは落ち着いて挨拶を。——そう思った時、魁成が寄り添うように澪の隣に立ち、優しく背中に手を添えた。

「父上、母上、ご紹介いたします。私の婚約者になります、澪です」

　スッと、焦りが引いていく。

　魁成の落ち着いた声と、背に添えられた手、そして澪を見つめる眼差しが、なにも心配はないと言ってくれているような気がする。

　澪は西園寺の両親を交互に見て、にこりと微笑んだ。

「初めてお目にかかります。澪です」

　澪に触れている魁成の手のあたたかさが、よくできたと褒めてくれているような気がした。

　パーティーは西園寺財閥総帥である魁成の父親の挨拶から始まり、続いて魁成と澪の婚約が発表されるという、様式美にのっとったものだった。

　とはいえ、発表が終わってしまえばあとは交流会のようなもの。賑やかな立食パーティーに早変わりである。

西園寺の両親は、パーティー開始後ほどなくして退場した。すぐにイギリスへ戻らなくてはならないらしい。

イギリスで王室関係者のパーティーに出席するのだという。魁成に似て存在感のある落ち着いた父親はともかく、想像以上に快活な母親は「どうして婚約パーティーをこの日にしたのです」と不満そうだった。

それでもふたりとも澪の存在に口出しはせず、母親には「日本に戻ったら、一緒にお買い物に行きましょうね。楽しみだわ、娘とお出かけするのが夢だったの」と喜ばれたので、歓迎はされていると思っていいのだろう。

「おめでとうございます。まさしく美男美女で、お似合いのおふたりですね」

お祝いの言葉をかけるため、順番に魁成のもとを訪れる出席者たち。澪はおとなしく魁成に寄り添って立ち、お祝いの言葉をもらうたびに「ありがとうございます」と会釈をする。

「小笠原といえば古くから続く名家ですから。血筋のよさは保証されている。それが西園寺家と結びつくなんて。素晴らしいです」

耳に入ってくるのは、褒め称える言葉ばかり。一瞬、ここは一般社会とは切り離された人たちばかりがいるのだろうかと錯覚する。

ほんの十日前、澪がまだ家と会社の問題で死にもの狂いになっていた頃、聞こえてくるのは小笠原に対する罵りと嘲笑だった。

もしかしたら、小笠原家が没落しかかっていたのも、小笠原商事が倒産しかかっていたのも、すべて夢だったのではないかとまで思える。

「これからも、よいお付き合いを、よろしくお願いします」

締めの言葉を聞いて、澪は夢から覚める。そうだ、この人たちは澪に話しかけているのではない。

魁成。未来の西園寺財閥総帥に話しかけているのだ。

そんな彼の婚約発表の場で、相手の婚約者を悪く言うはずなどない。

――また心が重くなっていく。

ハリボテの自分を感じる。ただ体裁のための存在。離れという鳥籠に、足枷をつけて繋がれているだけ。

何人かの挨拶を受けた後、テラス窓のそばに母と華湖の姿を見つけた。背の高い男性と談笑している様子だった。男性はスポーツ関係のテレビ番組で顔を見た覚えがある。

「退屈だろう？　息抜きをしてくるといい」

澪の様子に気付いたのか、魁成が耳打ちする。家族と連絡を取るなと言っていたのは彼だが、少なくとも婚約発表が済むまでと条件がついていた。

婚約を周知の事実としてしまえば、澪に逃げ道はない。もう、家族と会っても構わないのだろう。

恐縮しつつ、澪はその場を離れる。ちょうど男性がふたりから離れた時、華湖が近づいてきた澪に気付いた。

「あっ、お姉ちゃんっ」

小走りで近付き、澪に軽く抱きつく。嬉しそうに身体を揺らした。

「おねえちゃ～ん、おめでとう～。すごい人のお嫁さんになるんだね、あたし自慢しちゃお～」

華湖は相変わらず無邪気だ。浮世離れした妹ではあるが、この笑顔が絶望に変わるような事態を防げてよかったと思う。

「おめでとう、澪さん。お話を聞いた時はお母さん驚いちゃって。あたふたしちゃったわ」

母も相変わらずおっとりしている。ふたりとも見た覚えのないドレスに身を包み、やはり初めて見るジュエリーをつけていた。

金銭的な援助は十分なほどされているのだろう。また外商の幸田が来ているのだろうか。足しげく通う姿が目に見えるようだ。

「すみません、急な話で」

「そんな、いいのよ。でも、西園寺様とお付き合いがあるなんてちっとも話してくださらないから、てっきり金森さんといい感じなのかと思い込んじゃって。ごめんなさいね」

「いいえ、わたしがお話しできなかったせいですから」

「こんなすごい方とお話が進んでいるなんて、迂闊に口に出せないものね。でもよかったわ。本当によかった」

どんな形であれ、娘の婚約を喜んでくれているのだ。やはり家族に喜んでもらえるのは嬉しい。

「なんか、こう暗い空気がなくなったっていうか、幸田さんもそうだけど、銀行の担当の人もまた顔を出すようになったのよね、ママ」

「そうなのよ。うちにはもう回れないとか言っていた宝石商の人もね、『お久し振りです』とかニコニコして顔を出すようになっちゃって。なんだか数年前に戻ったみたい。本当によかったわ」

よかった、の真意が怪しくなってきた。娘の婚約を喜んでくれているのか、自分たちの待遇が改善したことを喜んでいるのか。

（家が大変だった時も、自分たちの思うようにならない愚痴ばかりだったものね）

卑屈になりそうな自分を感じる。この場で不機嫌な顔をするわけにはいかない。澪は微笑みを浮かべて気持ちごと繕った。

「ふたりとも元気でよかった。いろいろ準備があるからって西園寺家に行って、ずっと連絡が取れなかったから」

「うん、でもね、お姉ちゃんが大きなお屋敷にいるって聞いて、心配はしてなかったよ。もう会社に行ってセコセコ働かなくてもいいし、難しい顔してため息つかなくてもいいんでしょう？　今日のお姉ちゃん、スッゴク綺麗だよ～。女優さんみたい～」

華湖なりの褒め言葉を口にして、「あ、そうだ」と自分のパーティーバッグの中から小さなシルバーの洋封筒を取り出した。

「これ、金森さんから」

「金森さん？」

「お祝いを言いたいけど招待されていないし、お姉ちゃんのスマホは解約されちゃってるし。だからお手紙を預かってきたの」

「どうして華湖がこれを？」

「金森さん、自分がお姉ちゃんに好かれてると勘違いして家まで押しかけて恥ずかしいって言ってたよ」

金森も、まさか澪が魁成と婚約するとは思ってもみなかっただろう。相手が相手だ、自分を下げて言い訳するしかない。

「騒がせたお詫びにって、よくお土産持って家に来るの。お姉ちゃんの婚約発表のパーティーがあるのを教えてあげたら、これを渡してほしいって」

勘違いどころか、好かれてはいないとわかっていても澪を手に入れようとした男だ。騒がせたお詫び、というのが白々しい。いったいなんのつもりだろう。

受け取った封筒にはふたつ折りのカードが入っている。【ご婚約おめでとうございます】という儀礼的な言葉。そして【お話がしたいです】のひと言の下に電話番号が書かれている。おそらく金森のものだろう。

澪はカードを封筒に戻し、華湖に返した。

「お祝いの言葉はもらったから、持って帰ってもらえる？　男性の電話番号が書かれたカードを、わたしが持っているわけにはいかないでしょう？」

「わっ、お姉ちゃん、ノロケ」

これがノロケにあたるのかはわからない。華湖は「金森さん気の毒～」と笑いながらカードをパーティーバッグに入れた。

「姉さん」

その時、とてもハツラツとした声が聞こえ、反射的に顔が動く。名前を呼ばれたわけではなくとも、その声には聞き覚えがある。

滋が片手を上げて歩み寄ってくる。その姿を見て目を見張った。

顔色がよく、とても爽やかな笑顔だ。歩きかたにも勢いがあって凛々しく見える。こんな滋を見るのは、いつ振りだろう。

「おめでとう。あの西園寺魁成氏と姉さんが婚約だなんて、まだ信じられないよ」

「滋」

「いったいいつ知り合ったのさ。本当に驚いたんだよ。でもおかげで、会社の方もぐんぐん持ち直してる。実感できるんだ。空気が違うんだよ。あっ、西園寺さんの指示で数人が小笠原の方に来てくれていてね」

滋の勢いが止まらない。なにかを感じたのか、母が苦笑いで澪に耳打ちをした。

「滋さんはお仕事のお話になると長いから。わたくしたちは遠慮しますね。華ちゃん、

「はぁい。じゃあね、お姉ちゃん。今度お屋敷にも呼んでね」

行きましょう」


お屋敷とは、お城のような西園寺邸だろうか。それとも離れとは名ばかりの豪邸の方だろうか。

どちらにしてもふたりなら大感動しそうだ。とはいえ、澪もまだ西園寺本邸の方へは足を踏み入れたことがない。

「会社の話をするとすぐに逃げるんだよな」

そそくさと場を離れた母と華湖の姿を目で追って、滋は苦笑いだ。耳打ちの姿勢は取っていたが、母の声は大きく滋にも余すところなく聞こえていただろう。

明るい表情の滋を見られたのは嬉しい。十日前が嘘のようだ。

「魁成さんに聞きました。社長代行で頑張っているのでしょう？　滋、とっても活き活きしてる」

「腹の底から仕事が楽しいって思えるのは久しぶりだよ」

「うん、そんな顔してる」

「秘書についてくれている人が西園寺側の人なんだけど、一緒にいると驚くほど勉強になるんだ。それでいて僕の意見をふくらませてもっともっといいものにしてくれる。

すごいよ、やっぱり西園寺財閥で鍛えられた人は違うね」

「そう」

伝わってくる志気が頼もしい。今の滋なら大丈夫だと直感的に思えた。

やはり、魁成と結婚を決めたのは間違いではない。当然のように、すべてが好転している。

（わたしが、犠牲になっていれば）

薄ら寒い感情が這い上がってくる。自分の思考に動悸がした。

（犠牲？　なにを考えているの……）

目の前では滋が最近の会社の様子を楽しげに話してくれている。以前までの澪ならばうなずきながら真剣に聞いただろう。それなのに、頭に入ってこない。

頭にあるのは、自分のおかしな思考だけ。

――わたしは、家と会社のために犠牲になったのだ。

「社内の雰囲気も変わっていってる。退職者関連で人事に呼び出されることもなくなったし。それどころか、辞表を出していた課長や係長クラスが辞表を撤回してる。姉さんにも今の社内を見てもらいたいよ。……姉さん？」

呼びかけられたような気がして、外れかかっていた視線を滋へ戻す。快活だった表情に申し訳なさがかげった。

「ごめん、こんな話ばかりで。それじゃなくても気疲れしてるよね」

「い、いいのっ。会社の様子を聞けるのは嬉しい。滋が頑張っている姿を知れるのも」

自分の話で疲れてしまったと感じたようだ。気を遣わせないよう口を出すと、滋は控えめに提案した。

「一度会社を見にこない？　じわじわと活気を取り戻しつつある今の様子を知ってほしいんだ。きっと本当に小笠原商事が再生できるのか心配なんだよね。わかるよ、会社のために姉さんだって必死だったから……」

「澪さーん、わたしたちもお話しさせていただいてもいい？」

割り込んできたのは女性数人のグループだ。知らない顔もあるが知っている顔もある。呼びかけてきたのは、交流会やパーティーで顔を合わせれば挨拶を交わす程度には親しい令嬢。

企業の交流会で、金森に絡まれている澪を嘲笑していたのを記憶している。

「澪さん、おめでとう。西園寺様のお相手が澪さんだとお聞きして、驚きましたわ～。今日はお祝いが言いたくて、父に頼んで連れてきてもらったんですよ」

令嬢に続き、「わたしも」「わたくしも」と声があがる。知らない顔の方が多い気がするが、環境が変わると知らない知人が増えるというやつだろう。

話しかけかたが少々馴れ馴れしかったせいで、澪の友人知人だと思ったのだろう。

滋が場を開けて遠慮をする。

「じゃあ姉さん、会社のこと、考えておいて。きっと安心すると思うから」

「ええ、ありがとう」

滋が立ち去ると、早速彼女たちのおしゃべりが始まる。

「改めて、おめでとうございます。羨ましいわ、西園寺様とご婚約だなんて」

「羨ましいを通りこして、ちょっと妬ましいかも。ねえ」

軽く笑った後、再び祝福の言葉をもらう。初対面の女性もいるが、はた目から見れば昔からの友人だろうかと思わせるほど親しげだ。

澪と同年代の女性ばかり。お祝いの言葉の後は噂話に移行する。どこどこの令嬢がなんとかいう企業の令息と電撃結婚するやら、婚約中の某ご令嬢の結婚が早まったのはご懐妊らしいやら、最近勧められた縁談の話題やら。

申し訳ないがあまり興味はない。それでも邪険にするわけにもいかず、澪は曖昧に流して聞いていた。

「それにしても澪さん、ほんっとうによかったですね」

話が澪に戻ってくる。口火を切ったのは声をかけてきた令嬢だ。今まで話していた時よりも声が活き活きとしていた。

「これで小笠原家も安泰だもの。澪さんのおかげよ。本当に、都合のよい方に捕まえてもらえましたね」

口元がピクリと動いた。言葉の端々に棘があるように思えてならない。

「小笠原商事も、倒産の危機を免れたようですし。ひと安心じゃないですか」

「そう考えると、澪様のおかげですよね」

「お母様と妹さんもホッとされているご様子。ここでも随分とお元気なお姿を拝見できましたわ」

「お元気というか？」

「ねえ？」

クスクスと漏れるのは、嘲笑だ。なにげない噂話をする時よりも活気づいた口調。明らかに知り合いではない人まで、小笠原が没落しかかっていたと知っている。

「澪さんは美人だしスタイルもいいし才もあるし。目をつけた男性と親しくなるなんてお手のものでしょう」

「澪様が小笠原家のご息女で幸せだわ。澪様が救ったようなものですよ」

「私も澪さんみたいな美人に生まれたかったわ。そうしたら、西園寺様に近付けたかしらね」

おまけに、澪が自分の容姿を利用して魁成に近づいたとでも言いたげだ。

言い返したいのを、澪はグッとこらえた。

ここで怒ったりムキになって言い返したりすれば、彼女たちの思うつぼだ。

西園寺財閥の一員になる女性なのに、品位がない。こんなたわいない話に本気になるなんて、と、さらに揶揄されるのがわかる。

ここは、さりげなくこの話の輪から抜けるのが一番いい。

「そうだ、弟さんとお知り合いになれれば、うまくいけば澪さんの義妹になれるわ。そうすれば西園寺財閥と繋がれるんじゃなくて？」

「弟さん、いいわね。澪さんに似て可愛い子よね」

「子、って」

「だって、年下ですもの」

しかし、滋を話のネタにされ憤りが湧き上がってくる。両手をグッと握り、口が開きかかったその時——。

「いつまで、俺は放っておかれるのかな」

いつの間にか近付いてきていた魁成が、澪の肩を抱き自分の胸に抱き込んだのである。

「息抜きをしておいでとは言ったけれど、戻ってこなくてもいいとは言っていない。君が横にいないと寂しいと、まだわかってくれていないのか？」

「あ、すみませ……」

慌てて顔を上げる。家族と話すくらいならともかく、さらに女性同士のおしゃべりに付き合うのは、彼の予定に入っていなかったのだろう。

魁成の眼差しにドキリとする。なんとも優しげな、宝物でも見るような目だ。

おまけに、そんな目をする彼に肩から抱き寄せられている。取り巻いていた女性たちは黄色い声をあげるにあげられず、両手で口を覆ったり唇を引き結んで目を丸くしたりている。

まさしく、愛し合う婚約者同士という光景。

そう思うと澪まで恥ずかしくなってきた。

「お話し中申し訳ないが、澪は返してもらいます。つい口にしてしまいましたが、彼女が隣にいないと寂しくて堪らない。どちらかといえば、惚れ込んでいるのは私の方なので、逃げられやしないかと不安なのですよ。では、失敬」

なにを言っているのだろう。いつもの彼とは思えない言葉の数々。澪の方が照れくささでいっぱいだ。

「ああ、それと」

澪を抱き寄せたままその場を去ろうとした魁成だったが、いったん足を止め、軽く振り向いた。

「――あまり、私の婚約者を侮らぬことだ。身のほどをわきまえなさい」

彼の顔を見ていたわけではない。それでも、声だけで臓腑が冷えた。視線を向けられた女性たちは全身が凍りついたに違いない。

その後は、澪が疲れただろうと気遣ってくれた魁成とともに、壁側に置かれたソファに腰かけて過ごした。

佳美が飲み物やデザートを取ってきてくれる上、志賀崎や魁成の付き人などが招待客をさばいてくれる。挨拶をしたいと通される人間も厳選されていた。

彼のそばが、どれほど安心で安全か思い知らされる。ちょっとからかってみようかと悪戯心を動かす人間など、決して近寄れない空気があった。

そうして、婚約発表パーティーは無事に終了したのである。

今夜は着替えに使用したスイートルームに宿泊する。

部屋に戻ってふたりきりになったら、魁成にお礼を言おうと決めていた。

あのままパーティーで女性たちに囲まれ続けていたら、怒鳴り声をあげているところだった。寸でのところで救われたのだ。醜態をさらさなくて済んだ。

「魁成さん、先ほどは、ありがとうございました」

着替えが済んで志賀崎や佳美が下がった後、澪は後回しにならないようにと早速切り出した。

ボタンダウンのシャツにスラックスというラフなスタイルでソファに腰を下ろした魁成は、なんの礼だと言わんばかりの顔で目の前に立った澪を見る。

澪も一枚もののワンピース姿で、かなり身体が軽い。イブニングドレスは上質で着心地はよかったが、やはり正装という観点から気を抜けるものではない。

「女性に囲まれている時、助けていただきました」

「ああ、あれか。集まっていた女性たちを見て、おそらく嫌みを言われているのではと感じたので連れ戻しに行っただけだ」

「そうなのですか？　友人知人と話しているように見えていたかなと思っていました」

「他の者が見たなら、そう見えただろう。あの女性たちは、以前、俺の縁談相手の候補に挙がった者ばかりだ。挙がっただけで終わったが」

「縁談、ですか」

「選ばれなかった憂さ晴らしに使われているのかと思って見に行けば、小笠原家の事情まで持ち出す始末。己の立場をもう少し理解した方がいい。彼女らの父親や祖父が、今頃脂汗を浮かべて俺への接見を申し入れているところだろう。謝罪のために」

魁成は薄笑いで、少し楽しげにも見える。結婚問題では娘をけしかけられたとかいろいろと面倒があったようなので、彼女らを威嚇したり婚約を正式なものにしたりできて、かなり満足しているのだろう。

「小笠原家が没落しかかっていた件もおもしろおかしく言われたようだな。実家の中傷に黙っている必要はない。言い返してもよかった」

「はい、ですが……」

「君は、黙って両手でこぶしを作って、なにか言いたげに唇を震わせているだけだった。なぜ言い返さなかったんだ。そんなに自分の身が大事か」

耳を疑う。澪は真っ直ぐに魁成を見据えた。

「自分の、身?」

「容姿端麗、器量よしの才女。そんな自分を守りたかったのかもしれないが、あの場合は声をあげた方がよかったのでは？　君が黙っているから、彼女たちはどんどんつけ上がった」

確かに話はどこまでも進み、とうとう母や妹、挙句には滋を手玉に取る話にまでなっていた。

さすがに我慢ができなくて声をあげようとした時に、魁成が助け舟を出してくれたのだ。

しかし、澪がギリギリまで我慢をして口を出さなかったのは自分のためではない。それなのに、己の保身を第一に考えたという誤解はされたくない。

「違います。なぜそうやって決めつけるのですか。わたしは、自分のことなら人になんと言われようと構わなかった」

澪が言葉を出すと、魁成の言葉が止まる。彼はなぜか、わずかに驚いているように見えた。

「自分への中傷くらい我慢はできます。たとえ女性である立場を利用して魁成さんに取り入ったと笑われようと、そのおかげで小笠原が救われたと言われようと。我慢はできました。しなくちゃいけないと、思ったから……」

「なぜ我慢した？　言い返せばよかっただろう。女の武器を使ったなどと言われるのは、女性にとっては最悪の侮辱ではないのか」

「侮辱ですよ！　悔しかった！　怒鳴りたかった！　でも、我慢しました！」

「だから、なぜだ」

悔しさがどんどんどんどん湧き上がってきて、澪は声を大きくする。苛立ったのか、魁成もソファから立ち上がった。

「魁成さんが、笑われるからです！」

「俺が?」

「婚約発表のおめでたい場で、声を荒らげて怒り出す婚約者。場所をわきまえられない、なんと恥ずかしい女なのか。こんな女と婚約をするなんて、西園寺魁成はどうしてしまったのかと、魁成さんが笑いものになる。それだから、我慢したんです！」

魁成はなにも言わない。わずかに眉を寄せ、澪を見据えた。

真剣な目は、やはり怖い。けれど言わずにはいられない。

「わたしは、魁成さんと、西園寺財閥の次期総帥と婚約したんです！　たとえそれが、貴方の体裁のためでも、貴方を煩わしさから解放するための手段であったのだとしても、こうなってしまったからには、わたしは、貴方の婚約者である振る舞いを、西園寺魁成の名を傷つけない言動を頭に置かなくてはならないんです！」

サラリと出た言葉が、今になって重くのしかかる。

佳美に言われていた言葉の本質を、今やっと理解したような気がした。

『魁成様の奥様になられる方だということをお忘れにならないでください』

西園寺財閥の人間になるのだという意識。

こういう意味なのだ。

「それでも、弟を手玉に取れば、西園寺家と親戚になれるという話は、さすがに聞き逃せませんでした。怒鳴る寸前だったんです。魁成さんが止めに入ってくれてよかった」

澪は声を震わせながら頭を下げる。

「ありがとうございます……。これからも、魁成さんのお役に立てるような振る舞いを心がけます」

ゆっくりと頭を上げ、先ほどよりも険しい表情をする魁成を正面から見た。

「弟に聞きました。小笠原商事が、活気を取り戻しつつあると。母や妹も、安心して生活ができているようです。ありがとうございます。――魁成さんの、おかげです」

もう一度頭を下げ、次に顔を上げた時、澪は笑って見せる。

「疲れましたね。早めに入浴して寝ましょう。佳美さんがバスルームを整えてくれたそうなので、先に入ってきてもいいですか」

「ああ」

力ない返事ではあったが了解をとったのだから、いいだろう。

澪は逃げるようにバスルームへ向かった。

――漏れそうな嗚咽を、魁成に聞かれないよう、必死に抑えながら……。

第三章　伝わりはじめる想い

翌朝、澪は最近では珍しい状態で目を覚ました。

ベッドからむくっと身体を起こす。いつもと違うベッド、いつもと違うベッドルーム。婚約発表を行ったホテルのスイートルームに宿泊したのだから、違うのは当然。

珍しいのは、部屋が違うとかベッドが違うとかではない。

（裸じゃない……）

さらさらと肌触りのいいシルクのパジャマを着ている。落ち着いた薄いピンク色で、襟や袖の刺繍柄がお洒落だ。

これは昨夜、寝室に置かれていたものを入浴後に着用した。それを着たままベッドに入ったのだ。

（脱がされてない）

パジャマを着たまま目覚めたというのが、最近では珍しい。

横を見ると、肘をついた手で頭を支え、澪を眺めている魁成と目が合った。

「あ、おはようございます、魁成さん」

「おはよう、澪。よく眠れたようだな」

「はい、ぐっすり眠れました」

言葉を出しながら、澪はジッと魁成を眺める。

彼もパジャマを着ている。薄いブルーのシルクパジャマ。衿と袖に刺繍。もちろん澪とペアである。

パジャマを着たままぐっすり寝ていたということは……。

(昨夜はしなかったんだ)

サラッと出てしまった考えがいきなり恥ずかしくなる。カアッと顔が熱くなるのを感じて、澪は上掛けを両手で握りしめながら顔をそらした。

魁成と結婚すると決めたあの日から、なにかを着た状態で目覚めた朝はない。まるでそうするのが当然のように、魁成が望むまま身体を重ねてきた。

それだから、目覚めてパジャマを着ていたのが珍しく感じてしまったのである。

「なんというか、最初の頃によくそういった反応を見た覚えがある。裸ではなくても同じ反応をするのはなぜだ」

「あ、いえっ、逆に、パジャマを着ていたから驚いてしまって」

慌てて言い訳をするものの、これは「裸だったから驚いた」というよりも恥ずかしい理由ではないだろうか。とんでもない失言だ。

しかし、こんな反応をしてしまった理由をよく考えれば、魁成はなぜ澪を抱かなかったのかという疑問に行きあたる。

（婚約発表をしたから？）

婚約を公にすれば、澪は逃げられない。婚約発表はひとつの区切りだ。思えば、家族と連絡を取るのもそれまではダメだと禁止されていた。

それでも、昨夜は感情のままに声を荒らげてしまった。魁成に後悔をさせなかっただろうか。こんなことでムキになる女だったのかと。

理由のわからない不安が胸の中に吹き込む。しっかり繋いでいた手を、いきなり放されたような気分になった。

「澪が随分と疲れたようだったから、そのまま寝かせておいた。我慢したつもりだったのだが、なにかいけなかったのか？」

「我慢？」

「昨夜は気が立っていたようだ。君が自分可愛さに感情を抑えていたのだと、俺が読み違いをしたせいだろう。申し訳なかった。ゆっくり寝かせてやった方がいいかと思い、手は出さなかった」

「そうなん、ですか」

返事に困る。まさか昨夜の言い合いを気にしたとは。

昨夜言い返した時、彼は険しい顔で澪を見ていた。あの後さほど会話もせずにベッドに入ってしまったが、かえって怒らせたのは澪の方だと感じていたのに。

「我慢せずに脱がせて、好きなようにしてしまおうかとも思ったが、途中で目を覚ましたら殴られる気がした」

「殴りませんよっ」

即行で否定してから「殴れません」と心の中で訂正する。彼の機嫌を損ねかねないのに、できるはずがない。

「ですが、あの……わたしが眠っているのをいいことに、というのは、同意なく、という意味ですし、どうかと思いますが」

ごにょごにょと本音を漏らす。クスリと小さく笑った魁成がベッドから身体を起こした。

「そうだな、やめておこう。澪が可愛い声で鳴いてくれないのではつまらない」

怒った方がいいのか、ムキになればいいのか、それとも愛想笑いをしておけばいいのか。いや、こういう場合は「そういう品のない話はやめてください」と進言するのがいいのかもしれない。

対応に迷っているうちに魁成の手が顎にかかる。顔が彼の方を向くと、吸いつくようなキスをされた。

「そんなに恥ずかしがるな。小鳥が鳴く可愛い声を聞きたいという希望は、持っていてもいいだろう」

真っ赤になって迷っていれば、恥ずかしがっていると思われるのも無理はない。そのまま魁成を見つめていると、再度くちづけられた。

「機嫌は直っているようだ。安心した。鳥籠に戻ったら、またたくさん鳴かせてやろう」

「魁成さん……」

少し咎める声が出るものの、いやな気分ではなかった。それどころか、どこかホッとしている。

今までと変わらず、魁成に抱いてもらえる。澪に愛想を尽かしたわけではないのだとわかって、安心している。

なぜ、こんな気持ちになってしまうのだろう。

自分は籠の鳥だからだろうか。魁成の機嫌を損ねないように、彼のためになれる存在でいなくてはいけないからだろうか。

それだから、魁成の気持ちがそれてしまうのが怖いのだろうか。

「朝食の用意をさせる。なにか希望はあるか？」

澪から手を離し、魁成がベッドサイドテーブルに置かれたスマホに手を伸ばす。志賀崎か付き人の誰かに指示を出すのだろう。

「部屋に用意をさせる。特になにも指定がないなら、普通にホテルテイストの朝食っぽいものが並ぶだろう」

「朝食ですか……」

正直、あまり空腹は感じない。握りしめた上掛けの下で腹部を意識するが、昨夜パーティーで食べた食事やスイーツがまだ残っているような気さえする。

「あまり食欲はないですね。昨夜のパーティー、スイーツが美味しくて、佳美さんが美味しいのばかり選んでくれるから食べすぎちゃったかも」

「そうか、実は俺も同じだ。体力を使っていないせいか空腹を感じない。コーヒーだけにしたいところだが、そうすると佳美がうるさいな」

「佳美さん？」

本来なら「体力を使っていない」のところが恥ずかしい意味で気になったのだが、

今回は魁成の口から佳美の名前が出たのが引っかかってしまった。

彼の食事のバランスでうるさく言うというのなら、志賀崎ではないのだろうか。

「栄養がどうのこうの。少しでも食べないと身体に悪いとか。志賀崎は、気が進まない時は無理に食べなくてもいいと言ってくれるのに」

「そうですか。まあ、食べた方がいいのはわかりますが、たっぷり用意されちゃいそうですね」

佳美は志賀崎と同じくらい魁成に信頼されているイメージがある。澪の世話役にしているのがその証拠だろう。

特別なんだな、という考えが仄暗いなにかを連れてきそうになるが、同じタイミングで思い立った案が口をついて出たため、すぐに思考の外となった。

「このホテルって、モーニングビュッフェとかないんですか？」

「ここのモーニングビュッフェは品数が多くて有名だ。全品制覇を目指して敗れ去った果敢な勇者を多数知っている」

「それ、いいじゃないですか。朝食の量に悩んだ時はビュッフェですよ」

「全品制覇を目指すのか？」

「そんなわけないじゃないですかっ」

今のは冗談だったのだろうか。それなら笑った方がよかったかもしれない。少々真剣に否定してしまった。

しかし魁成はとても真剣な顔をしている。おそらく、本気で言っていたのだろう。

「ビュッフェって、好きなものを好きなだけ自分で選べるじゃないですか。こういう時には最適では？」

「なるほど」

とは言ってくれるが、顔が乗り気ではない。無理とは思うが、澪はもう一押ししてみた。

「わたしはヨーグルトとサラダくらいでいいですね。魁成さんは？　コーヒーとクロワッサンくらいにしておきますか？　あっ、バターロールがあったら、サラダを挟んであげましょうか。サラダサンドになりますよ」

「シェフに作らせるのか？」

「違いますよ。自分で取ってきたパンに、自分でサラダを挟んで食べるんです。自分好みに加減できるから、わたしもたまにやります。わたし、サラダを多めに取ってきますから、挟んであげます」

魁成はキョトンとしている。もしや、自分で挟んで食べる、という意味がわからないのではないだろうか。食事というものに対して、自分でなにかをして食べる、という概念は持ち合わせていないかもしれない。

（こういう綺麗な顔の人って、不思議そうにすると可愛い顔になるものなのかな）

時々、魁成が可愛く見えてしまう。

　年上で、しかも神の所業かと思うほど顔がよく男性の魅力にあふれている人物に向かって失礼かもしれないが、そう見えてしまうのは仕方がない。

「澪が、挟んでくれるのか？」

「はい？　挟みますよ。いくらでも」

　上掛けを跳ねのけ、魁成がベッドから下りる。すっくと立ち、力強く澪に顔を向けた。

「よし、行こう」

　澪が返事をする前に、志賀崎に連絡を入れる。まさか聞き入れてくれるとは思わなかった。自分の意見を突き通す人だと思っていたし、彼の言葉は〝絶対〟であるはずだから。

「用意をしよう。いくらモーニングでも、パジャマのままでは行けないだろう」

「それは、はい」

澪も急いでベッドから出る。顔を洗って、着替えを始めようとした頃に佳美がやってきた。髪のセットや軽いメイクなどをしてもらっているうちに、なんとなく室内が騒がしくなってくる。

気が付けば、モーニングビュッフェのレストランに行くだけで、付き人からＳＰまでもが勢ぞろいだ。

仕方がないとはいえ、仰々しい。

他に食事を取っている人たちもいるというのに。迷惑にはならないだろうか。

おとなしく部屋でモーニングを食べていたらよかったのかもしれない。魁成に違う意見を提案するなんて、間違いだったのかもしれないと改めて思った。

が、そんな澪の後悔は杞憂に終わる。

レストランに到着すれば、付き人やＳＰは気配を潜め、付き添うのは志賀崎と佳美だけだ。魁成と一緒にメニューを取りに行き、ふたりでテーブルについて軽い朝食を取った。

ロールパンを軽く裂き、野菜やポテトサラダ、玉子サラダを挟んでいく澪を、魁成は興味津々で眺めていた。あまりにも真剣に見られるので照れてしまったほどである。

結局彼は、澪お手製のロールパンサンドを三つも食べてしまった。

「お腹はすいていないんじゃなかったんですか？」

白いクロスが眩しいテーブルに魁成と隣り合わせで座り、ミルクティーを飲みながら澪がクスクス笑う。ナフキンで口元を拭い、魁成は満足そうな笑みを作った。

「思った以上にうまかった。まだふたつくらいはいける」

「お腹いっぱいで動けなくなりますよ。魁成さんは背も高いし、わたしでは支えて歩けません」

「子どもの頃なら、志賀崎がおぶってくれたんだが」

「無理ですよっ、志賀崎さんが潰れちゃいますっ」

「それもそうか」

苦笑いをする澪に反して、魁成は楽しげにアハハと笑う。声をあげて笑うところを初めて見たわけではないが、それがとても楽しそうで、胸の奥がきゅんっと跳びはねた。

驚く顔になりかけるそれを、ティーカップに口をつけてごまかす。おかしな跳びはねかたをした胸は、ドキドキと速い鼓動を感じさせた。

（志賀崎さんって、魁成さんが子どもの頃からそばにいたんだ）

話の弾みだったとしても、魁成が自分の幼少期を口にするのは初めてではないだろうか。

そう考えると嬉しくなってくる自分がいる。なぜだろう。わからないけれど。

「澪」

長閑な声が囁きかける。顔を向けると、魁成が顔を寄せて澪を覗き込んでいた。

「また、挟んでくれるか？」

こんなおだやかな顔で見つめられたことがあっただろうか。鼓動がおかしい。速くて、跳んで、理解不明な動きをしている。

パンにサラダを挟むのがそんなに気に入ったのだろうか。普通のロールパンサンドと変わらないのに。

もしかしたら、種類や量を自分の好きなようにできるところが気に入ったのかもしれない。玉子サラダは多めだったし、ポテトサラダにはレタスよりキャベツの千切りがお気に入りだった。

澪はにっこりと微笑んだ。

「もちろんです。魁成さんがお好きなだけ」

魁成が嬉しそうに微笑む。それを見ると澪まで嬉しくなって、胸の奥がきゅうっと絞られるように熱くなった。

パーティーの日の夜、考えの行き違いから魁成と言い合いをしたのはよかったのかもしれない。

言いたいことが言えるきっかけになったような気がしたのだ。また魁成の方も、頑として自分の意見を押しつけるのではなく、逆らっても責めるわけでもなく、澪の気持ちを慮ってくれた。

彼は、正面から向き合えば、ちゃんとわかってくれる人だと思う。

レストランでのいいムードを引きずっているうちに、澪は会社を見に来ないかと滋に誘われた話をした。

再生を始めた小笠原商事を澪自身の目で見たい。そのほうがより安心できるからと説明すると、条件つきでＯＫが出たのだ。

行く日を必ず魁成に教える、西園寺家の車を送迎につける。

なんの問題もない条件だった。もちろん澪は即行で了解したのである。

＊＊＊

SOJフィナンシャルグループは、西園寺財閥の中枢にあたる。

地上五十五階建ての自社ビル、上層階に置かれた副社長室が、魁成の執務室だ。

窓を大きくとった開放的な室内。機能的でありながら品のよさを感じさせるオフィスコーディネートは魁成も気に入っている。

そこに、この二週間近く、以前とは違う変化が訪れていた。

「失礼いたします。魁成様、お花のご用意ができました」

ノックとともに入ってきたのは志賀崎である。彼の腕には、片腕で支えてちょうどいいくらいの花束が携えられていた。

デスクの前に近付き、花がよく見えるよう正面を向ける。魁成がうなずくと一礼してサイドデスクの上に置いた。

婚約発表後から、終業時間が近付くと志賀崎が花束を持って現れる。会社を出る際、魁成がそれを持って帰宅するのだ。こんなルーティーンは以前にはなかった。

「まだ、本当のことを告げてはいらっしゃらないのですか？」

「ん？　ああ、必要ない」

「澪様は賢い女性です。すでに気付いていらっしゃるかもしれませんよ？」

「そんな様子はないが」

「魁成様のお気持ちを気遣って、気付いていないふりをされている可能性もございます」

「気づいていないふり……」

そうかもしれない。自然とそう思った。おそらく魁成自身ずっとそう思っていたのだが、認めてはいなかったのだ。

気付いていないふりというのは、魁成を騙すという行為に繋がる。自分が誰かに騙されるなんてあってはならないし、誰かが自分を騙そうとするなんてありえない。

騙された経験などない。それは欺かれそうな空気を、魁成はいつも一瞬にして読み取ってしまうから。

「志賀崎」

「はい」

「なぜ、澪が気付いていると思う？」

「魁成様が毎日花を持って帰られる理由が、『婚約祝いの花が会社に届いたから持ってきた』では、さすがにもう無理かと。ご婚約を発表されてからすでに二週間です。素直に魁成様からのお土産だとおっしゃればいいのに」

「たかが花だ。土産というほどのものではない」

「それでも、澪様がお喜びになるから毎日手配なさるのですよね」

魁成は言葉を止める。志賀崎の言う事は間違っていない。「その通りだ」と認めてやれば終わるのに。

なぜか、認めようとすると羞恥が動く。

──なぜ？

何事にもよどみなく答えを出す自信がある。それなのに答えが出てこない。

無言になってしまうのは、答えを出す必要がない、その価値はないと判断した時だけだ。

魁成は言葉が出ない原因となった志賀崎を見る。無言にさせてしまうほど価値のない問いかけをした者は、もちろん恐怖せずにはいられないだろう。だが、今その当人であるはずの志賀崎は、おびえおののくどころか、長閑な笑みを見せている。

志賀崎にはわかっているのだ。魁成が無言になってしまったのは、くだらない話をされたからではない。

胸の奥をくすぐられるような、不可解な感情に困っているのだと。

「魁成様、どうぞ、そのお気持ちを大切になさってください」

頭を下げた後、志賀崎は退室する。閉じたドアを見つめ、サイドデスクに載った花束に目を移して、魁成は「なぜ」と再度自問した。

婚約発表パーティーの直後から、会社にたくさんの花やお祝いの品が届くようになった。

招待を見送った者からも届くが、当日来場していた者からも届く。それも、仲睦まじいお姿を拝見できて光栄です、というメッセージつき。

仲睦まじい姿とはなんだろう。パーティーで澪を女性の輪の中から助け出した姿だろうか。誰の目から見ても完璧な婚約者であるため、澪を抱き寄せ仲のよさはアピールしたつもりだ。

だが志賀崎に言わせれば、それよりも翌朝のレストランでの姿が印象的だったのだろうという話だ。

モーニングビュッフェで澪と並んで座り、ふたりで軽く好きなものを取って食べた。中央を軽く裂いた小さなロールパンに澪がサラダを挟んでくれてそれを食べたのだが、信じられないほど美味しくて、驚いた。

また、澪がロールパンサンドを作ってくれる姿を見ているのが楽しくて、注文を出すと笑いながら希望に沿ってくれるのが嬉しくて、玉子サラダを多めにしたり、ポテトサラダにはレタスではなくキャベツを挟んでもらったりした。

あの朝は、我ながら随分と笑っていた気がする。澪も絶えず笑顔を見せてくれていた。

朝食は部屋で適度に食べたらいいくらいにしか考えていなかったのに、澪がビュッフェはどうかと提案し、ロールパンにサラダを挟むという話に無性に気持ちが揺さぶられた。

シェフに頼むのではなく、彼女がやってくれるという。

驚いた。おそらく、随分と不思議そうな顔をしてしまった気がする。

決まったシェフ以外の人間に、なにかを作ってもらうなど初めてだったからだ。

あの時の感情を、なんと表現したらよいのだろう。期待、だとは思う。しかし、仕事で感じる期待感とは違うものだった。

もっと、こう、熱くなるというよりは、胸の内側があたたかくなるという感覚。

澪が作ってくれるのだという事実に、胸がいっぱいになったのだ。

それと同じ感覚が、花を土産に持って帰った時に起こる。花を持って帰ると、澪がとても喜ぶのだ。

嬉しそうに笑い、「綺麗ですね」「かわいいですね」「どこに飾りましょうか」と花を愛しむ。

いくら婚約祝いとはいっても、花が届くのは数日だ。しかし花がないと、澪がこの笑顔を見せてはくれないのではないか。そんな不安が魁成を襲った。

不安。それは、自分でも不思議に感じるほどの感情だった。

そんな自分を不可解に思いながらも、魁成は自分の胸をあたたかくする笑顔を失いたくなくて、帰宅する際に持ち帰る花を用意させるようになった。

確かに二週間も続けば澪も気付いているのかもしれないが、彼女はまったく疑う顔をしない。「会社に届いたから持ってきた」という魁成の言葉を信じ、いつもの微笑みを見せてくれる。

それだから、気付いているとは考えにくかった。

魁成は人の表情を読むのが得意だ。得意というよりは、彼が生きていく上で欠かせない観察力であり、自然と身についたものだともいえる。

人の行動を見て、表情の動きを感じて、その目に映る感情を読み取っていく。幼い頃からそうやって生きてきた。そうしなければ、西園寺財閥の跡取りとして生きてこられなかった。

少しでも気を抜けば、子どもの魁成を手玉に取ろうとする大人たちの仄暗い欲望に捕まってしまう。

誰も魁成を欺けない。小細工は通用しない。完璧な跡取りである姿を期待され、畏怖されるほどの次期総帥である自分を作り上げた。

人間の行動パターンなど単純だ。すべて計算の上で行動する彼に、思い通りにならない同時に、歯向かえる者もいなかった。

澪との婚約を決めたあの夜だって、完璧な勝算があったからこそ、彼女を呼び出した直後にすべての話を進めた。そして、思惑通り、彼女は魁成の手に堕ちた。

――はずだったのに。

「なぜ……」

とうとう言葉になって口から出てしまい、魁成は意識をして唇を引き結ぶ。

時々、澪の表情が読めない。予想外の動きをする。

最初はそんなことはなかった。離れに連れてきた当初、敷地や屋敷に驚き、新しい環境に戸惑いつつも懸命にそれに慣れようとしているのがわかった。

外部と完全に交流を断たせ、決められた範囲の中で決められた人間とだけ接するようにしたのは、確かに逃げられないようにするためではあったが、彼女を守るためでもあった。

周囲から言われて知ってはいても、澪は彼女を見る男たちがどんな目で自分を見ているかなど知らないだろう。金森然り、困っていることにつけ込もうとする者を、これ以上近付けたくはなかった。

外部との交流が可能であれば、またいつおかしな誘いがかかるかわからない。だから、婚約を発表するまではと期限をつけた。

西園寺魁成の婚約者だと公になっている女性に、手出しをする命知らずはいない。

今考えれば、自分だけのものにしておきたい、他の者と接触などさせたくないという気持ちが大きかったのだ。

澪が言ったように、彼女の境遇は鳥籠の中にいるようなもの。

そんな中で魁成は絶対の存在だ。なに不自由のない鳥籠の生活の中で、ただひとり、従わなくてはならない人物。頭がよい女性ゆえに、その思いはかなり強かっただろう。

日一日と、澪が従順になっていくのがわかった。

なにかが変わったのは、婚約発表パーティーの日だ。

あの日の澪は、魁成に歯向かった。

妬みから嫌がらせを受けても言い返さなかったのは我が身の保身だろうと言いきった魁成に、魁成の立場を考えたのだと声を荒らげた。

驚いて、声が出なかった。

まさか、反抗されるとは思っていない。言い返せばまた言い返してくる。彼女は折れない。自分の言い分を突き通した。

誰かに反抗されたのも、言い合いをしたのも、初めてだった。

その夜は、ほぼずっと、澪の顔を眺めて朝を迎えた。何度も彼女を感じたい欲望に襲われたが、手を出せない。澪がまだ怒っているのではないかと疑う気持ちが、魁成の気持ちを沈ませたからだ。

怒りを引きずってはいないとわかった時はホッとした。赦された気持ちになるなんて、そんな感情はあるとさえ思ってはいなかった。魁成は常に、赦す側の人間だから。

それからだ。澪の表情が読めなくなってきたのは。

自分の手の内でさえずっているはずの小鳥が、いつの間にか手から下りて肩に乗り、捕まえようとすると頭に乗り、どうしたものかと困る前に、目の前に戻ってくる。

完全に予測不能な行動を取られているというのに、不快にならない自分がいる。自分がおかしいのか、澪の行動がおかしいのか、魁成には判断がつかない。

こんなに気持ちを翻弄されるのは生まれて初めてだからだ。

不快にもならず、相手が澪だと思えば、むしろ喜びが湧き上がる。

「なぜ……」

またもや自問の声が出る。

この気持ちがなんであるのか、魁成にはわからない。

＊＊＊

「シャクヤク、綺麗ですね。ビバーナムにライラック、リキュウソウがたくさん。グリーンが鮮やかで素敵」

魁成が持ち帰った花束をフラワーベースに活けながら、澪はご機嫌な声を出す。

「澪は、花に詳しいのだな。いつも花の名前を言いながら飾っている」

「そうでした？」

「気付いていなかったのか？」

「はい」

正直に言うと、魁成はちょっと困った顔でハハハと笑い、着替えを続けた。

仕事を終えて離れに帰ってきた魁成は、今日も花束を持ってきた。ここ二週間、毎日である。

なんでも、婚約のお祝いで連日会社に届くそうだ。パーティーは招待者が厳選されていたらしいし、そう考えればいろいろな企業や個人からお祝いが届くのもうなずける。

しかし、二週間も続くものだろうか、とも思う。

当初、「会社が花だらけだ。まあ、飾る場所はたくさんあるが」と言っていたので、最初はとんでもない量が届いていたのだろう。送る方だってお祝いは早い方が印象はいい。

幸い、西園寺財閥の中枢であるＳＯＪフィナンシャルグループの自社ビルは五十五階建てでエントランスも広い。大量に花が送られても、飾る場所には困らない。

最初の一週間くらいなら不思議には思わなかったが、最近はさすがに、もしかしたら、魁成が持ち帰り用に手配してくれているのではと思うようになってしまっている。

花は好きだし、もちろん嬉しい。けれど、なぜわざわざこうして花を持ち帰ってくれるのか、いまいちわからない。

（離れの中を少し華やかにしようとしてるとか。それなら、ふたりの部屋とかじゃなくてエントランスとかリビングに飾った方がいいだろうし）

離れに花を飾りたいなら魁成が持ち帰る必要はない。ひと言言えば、一日で離れの部屋という部屋に花が飾られるだろう。

（わたしに飾らせたいから、とか？　毎日なにもしないで暇だろうから、花くらい飾らせようと思ってるとか。え？　なんか意地悪じゃない？）

あれこれ考えながら花のバランスを整えていると、いつの間にか横に立っていた魁成が澪の顔を覗き込んでいた。

「かっ、かいせいさんっ、なんですかっ」

「花に詳しいから、どうしてだろうと」

「わたし、ずっと秘書として仕事をしていましたから。いろいろな場面でお花を用意するんですよ。お相手が企業ならお花屋さんのセンスにお任せしてもいいのですが、個人に送る場合はその方のイメージやお祝い事の内容でお花を選んだので、ある程度お花の種類には詳しくなりました」

「そうか、特になんの花を持ってくるか志賀崎に確認しているわけではないのだな」

「志賀崎さんに？　しませんよ。するわけがないじゃないですか」

なにを疑っているのだろう。かえって花の出所を疑いたいのはこちらの方だというのに。

魁成はまだ澪の顔を見ている。なにか言いたいのだろうか。疑問は解決したのではないか。

もしやと思い、澪は小さくため息をつく。フラワーベースの向きを整えて、魁成に向き合った。

「わかりました。正直に聞きます。このお花は、本当にお祝いでいただいたのですか？　魁成さんがご用意してくれたものではないのですか？」

「なぜ、そんなことを聞く」

「魁成さんが聞きたそうにしているからです」

「俺が？」

「ジッとわたしの顔を見ていたじゃないですか。お花が本当にお祝いでいただいたものなのかって、わたしが疑っていないか探っていたのでしょう？　疑っていますよ。だって、こんなに続くのは不自然ですから」

魁成はまたもやキョトンとしている。こんな話は予想外だと言わんばかりだ。

そんな彼の眉間を、澪は人差し指でつんっとつついた。

「そういった顔をすると、可愛いですね」

「は？」

「わたしが疑っていないと思っていたから、予想外だったんじゃないですか？　仕掛けた悪戯を仕掛け返された悪戯っ子みたいです」

「悪戯っ子……って、澪っ」

冷静に返しているようで、わずかに焦りが窺える。滋をやり込めている時の感覚に似ていて、澪はもうひと息踏み込んでみた。

「顔色を見て様子を探らなくても大丈夫です。聞いてくれれば正直に言います。わたしも、聞きたいことは聞きます」

魁成の両手を握り、彼を見つめる。

「魁成さん、わたし、貴方と結婚すると決めてから、ずっと、貴方に逆らってはいけないと思っていました。逆らうどころか、自分の意見を口にしてはいけないと考えていたんです。常に、貴方の意に沿った人間でいなくてはならないと」

彼は眉根を寄せて澪を見ている。この表情は、パーティーの日、澪が耐え切れなくなって言い返した時に見せたものと同じだ。

怒っているのではない。魁成は、困っているのだ。

「ですが、わたし、自分の思いや考えは、たとえ魁成さんの意に沿わなくても口に出そうと思います。夫婦になりたいからです。……体裁上の結婚でも、夫婦として、魁成さんに関わりたいんです」

家や会社を救ってもらうために、体裁上魁成との結婚を決めた。彼を怒らせたらすべてがダメになってしまうかもしれない。澪は人質のようなもので、籠の鳥だ。そんな環境に馴染み、自分を見失いかけていた。本当に飼い主に懐いて鳴くだけの小鳥になるところだった。

少しずつでも変えていこうと思えたのは、魁成と本音で言葉を交わせた日、彼の戸惑いを見たからだ。

おそらく彼は、逆らわれた経験がない。

それだから、あの日、澪が声を荒立てて言い返した時に眉を寄せた。

憤ったのではない。困ったのだ。自分の意見に異を唱え歯向かう人間など、考えられなかったに違いない。

「だから、魁成さんも、言いたいことは言ってください。聞きたいことは聞いてください。わたし、ちゃんと答えます。それと……」

いろいろと出てくる言葉の中で、これは少し戸惑う。魁成に言うには照れくさい。

「悩み事とか、迷ってることとか、話してもらえると嬉しいです。わたしでは相手にならない部分もあるかと思いますけれど、聞くだけなら、できますから。笑われるかもしれないけれど、くだらないって思われるかもしれないけれど、わたしは、そうやってお互いを支え合う夫婦になりたいです」

握っていた魁成の両手が離れ、澪を抱きしめる。力が強くて少し苦しい。澪はトントンと彼の背中を叩いた。

「苦しいですよ」

「うん」

「ゆるめてください。優しくしてほしいです」

「わかった」

魁成の力がゆるみ、心地よい力加減で抱きしめられる。髪を撫でる手がとてもあたたかくて力が抜ける。

頭の上で彼が長い息を吐いたのがわかる。なにかを吐き出すようにも思えたそれは、おだやかな吐息だった。

「いいものだな。気持ちを伝えてもらえるというものは」

ゆったりとした落ち着いた声だ。本音を真っ直ぐに伝えても怒っている様子はない。心からホッとした。

「澪の言う通りだ。俺は、人の表情を読んで生きてきた。そうしなければ生きてこられなかった。いい加減そんな真似をしなくても物事がわかる歳になっているのに、今でもやってしまう。癖になっているのだろうな」

「最初の頃、わたしの考えを魁成さんがどんどん察してしまうので驚きました。なんて勘のよい方なんだろうと。ですから余計に、魁成さんにはすべて見抜かれてしまうから嘘はつけないと思いました」

顔を上げると視線が絡む。魁成の眉根はもう寄ってはいなかった。

「では魁成さん、真実を教えてくださいね。このお花は、どうしたんですか？」

「澪に土産だ。花を持って帰ると澪が喜ぶので、用意させた」

「嬉しいです。最初からそう言ってくれたらよかったのに」

「花が土産というのも、おかしいかと」

「そんなまさか。では逆に、どんなものならお土産になると思っているのです？　親しい方のパーティーや記念式典などにはお土産やプレゼントを持参しますよね」

「プレゼントや土産の品としてふさわしい金額のもの、だろうか。具体的にはなんだろう。いつも志賀崎や付き人が用意してくれるから」

ふと、魁成は女性に贈り物をした経験がないのだろうかという疑問が湧いた。

これだけの地位と名声と美貌を兼ね備えた人物だ。彼に近付きたい女性はごまんといただろうし、それなりに女性との交流もあっただろうと思うのに。

（魁成さんが、どこかのご令嬢と……）

胸の奥がひりりと痛む。重苦しさに呼吸が止まりそうになり、澪は意識して考えるのをやめた。

「それでは、お花は魁成さんが指定して選んでくれたものなのですね」

「花束は頼んだが、内容までは指定していない。選んだというほどではないが」

「それでも、花束、と指定してくださっています。それも、わたしが喜ぶからという理由付き。素敵です。とても嬉しい」

ちょっとはしゃいでしまい、喜びかたが子どもっぽいかもしれないと感じるものの、嬉しいのは本音だ。

自分で贈り物を選ぶことのない魁成が、澪のために花束を用意してくれた。この特別感は、どう表せばいいのだろう。

そんな澪を魁成がしっかりと抱きしめる。彼の力強さを感じたくて、おとなしく身を預けた。

「困った……。今すぐ澪を抱きたくて仕方がない」

ストレートな言葉に戸惑いが生まれる。少々気持ちが舞い上がっているせいか同意したくもなるが、ここはひとつ澪が窘《たしな》めなければ。

「これから夕食ですよ。行かないと板垣さんをガッカリさせてしまいますし、佳美さんに食事は取らないとダメだって怒られてしまいます」

以前聞いた限りで、志賀崎はうるさくなさそうなので除外した。顔を向けると魁成のくすぐったげな表情が目に入って、跳び上がってしまうほどドキリとした。

こんな彼はめったに見られるものではないだろう。そもそも、今までこんな顔をしたことがあるのだろうか。

もちろん澪は初めて見る。澪よりも前に魁成がこんな表情をして見せた相手がいたとしたら、悔しいというか妬ましい。

(妬ましい？)

自分の感情に動揺が走る。

妬ましいなんて感情が、自分の中にあるなんて。

「わかった。では、急いで食事をして、一緒に入浴をしよう」

「い、一緒に、ですかっ？」

「ダメか？」

おだやかに問われ言葉に詰まる。にわかに慌てたのが恥ずかしくなってきて、澪はさりげなく話をそらす。

「ダメかどうかなんて……聞いてもらえるとは思いませんでした」

「なぜ？」

「聞いてもらった覚えがないからです」

そらしたつもりだったが、あまりうまくいっていなかったようだ。挙句の果てに今まで一緒に入浴する際は、魁成の「一緒に入る」の鶴のひと声で決まっていたのを思いだし、恥ずかしさが加速する。

「聞いた方が澪は嬉しいのではないかと思った」

ここまで言われて「いやです」などと言えるものか。

おまけに澪の表情を窺ったのではなく、彼が意識的に〝澪が嬉しいと思う〟と考えてくれた上での発言だ。

「わかりました。食事の後に」

こう答える他に選択肢がない。澪が答えると再び強く抱きしめられ、くちづけられた。

キスの時間が少々長かったらしい。ふたりがやっと離れたのは、なにかを悟った志賀崎の「お食事は後にされますか」という声とノックの音だった。

今まで、数回だが一緒に入浴をしたことはある。

けれど、今日ほどドキドキした入浴があっただろうか。

ふたりで使うにはもったいないくらい広い浴室に、大理石調の浴槽。その日の気分でジェットバスにもできる。

今日はゆったりと湯面が揺れ動いている。入浴剤が入っているわけでもないので、お湯に沈む白い肢体がよく見えた。

そんな浴槽の中で澪は魁成の膝に座り、背後から腕を回す彼に身体を任せている。

浴槽の中で身体を密着させるなんて。いつもは恥ずかしくてたまらないのに、今は恥ずかしさよりもドキドキした気持ちでいっぱいだ。

このドキドキはなんだろう。緊張ではないと思う。恐怖でもない。期待、のようにも思える。——期待。なにに対してだろう。

「今日は、小笠原の方へ行ったのだろう？　どうだった？」

耳のすぐ横で出される声がくすぐったい。思わず両肩を小さく竦めると肩口にキスをされ、「きゃっ」と小さな声をあげてしまった。

「い、行くのは五度目ですが、行くたびに活気づいてきていて驚かされます。これが、あの小笠原商事だろうかと」

沈んだ空気も、不穏に歪んだ騒がしさもない。エントランスでは明るい挨拶が飛び交っていて、秘書課の社員には笑顔で迎えられた。

辞めようかと悩んでいた同僚たちも忙しく動き回り、退職希望者どころか退職したエリート社員が戻ってくる始末。長く小笠原で頑張ってくれている人事部長は「よかったよかった」と男泣きをしていた。

「会社がこうして活気を取り戻したのも、魁成さんのおかげです。本当に、ありがとうございます」

「俺はなにもしていないが？」

「小笠原を立て直すためのきっかけを与えてくださいました。そのために手を貸してくださっている西園寺側の方々も、とても活躍してくださっています。弟が褒めていました。弟の秘書についていてくれている方がすごい人だって。確かおふたりついてくださっていて」

「あのふたりは兄妹で、SOJの経営戦略部門にいた。なかなかのやり手だ。きっと、滋氏の大きな力になれると感じていた。報告も受けているが、うまくいっているようでよかった」

「やはり魁成さんのおかげです。投入してくださった人選が素晴らしいです」

嬉しさも相まって、魁成の肩にコテッと頭を預ける。寄りかかれる安心感が心に沁みた。

「滋も、きっと安心していると思います。有能な秘書をふたりもつけていただいて、なにも心配せず会社のために手腕を揮《ふる》える。こんな状態を、どれだけ待ち望んで夢みたか」

言葉にすると、つらかった時期の気持ちが湧き上がってくる。ただただ必死だった。自分なんてどうでもいいから、今の状況を少しでもなんとかしたいとあがき続けた。

「そう思うなら、澪は自身の勇気ある決断を誇るべきだ。君が俺のもとに来る決心をしたから、今の小笠原がある」

「わたしが決心をしたというより、決心せざるを得ない条件を出したのは魁成さんですよ。絶対わたしが条件を呑むと思っていたから、小笠原家への援助も、父への根回しも会社へ精鋭部隊を送り込む準備も、あんなに速かったのでしょう？　わたしの決心を誇るというよりは、魁成さんの千里眼を誇るべきです」

チラリと視線を向けると、魁成はちょっと自慢げに口角を上げる。自分で言っておいてなんだが、その勝者の笑みが気に障る。

澪はぷいっと前を向き、勢いづいて息を吐いた。

「おまけに、わたしには効果覿面とか言って、絶対に後戻りできない手段まで使うんですから。完璧すぎますよ」

「本当は、婚前交渉の手段まで使うつもりじゃなかった」

「え？」

前を向いた顔は、すぐに魁成に戻る。思ってもいなかった真実を聞いてしまったせいだ。

「考えてもみろ。君が結婚を了解した時点で、すでに西園寺側は動いている。やっぱりやめる、とは絶対に言えない状況がすでにでき上がっているんだ。君の性格から、すでに動き出してしまったのにやめるなんて、考えられないだろう」

「それは」

もっともだ。

返事はしたが、やはり決心が鈍って辞退を申し出たとしても、すでに西園寺側が小笠原のために動いているのだと知らされれば、それでも辞退したいとは間違っても言えなかっただろう。

「それでは、どうして、あんな……」

婚前交渉なんて、と言葉に出そうとするのだが、言葉の意味が恥ずかしくて発言が戸惑われる。今さらそんな言葉くらいでと笑われてしまいそうでも、やはり男女の営みに関する言葉は羞恥をくすぐられるのだ。

「そうだな、澪を抱きたかったから、というのが理由だな」

さらに羞恥を刺激する言葉が発せられる。それも面と向かって意われてしまったのだからたまらない。入浴で身体があたたまってきたのとは違う意味で、ほわっと頬があたたかくなってくる。

「君と話をしているうちに、毅然とした声や態度、表情の動き、そして、俺が条件を出す指を見つめる君の眼差しに、なぜだか惹かれた。もっと知りたい、君のすべてを知りたいと思った。……そうだな、自分から進んで女性を抱きたいと思ったのは、初めてだったかもしれない」

「あ、あの……」

話が恥ずかしい、恥ずかしすぎる。おまけにあの日、彼の指に見惚れたのを悟られているのではないか。綺麗な指だとうっとりした。一本二本と増える動きが艶めかしくさえ感じた。

「頬がピンク色だ。熱い？」

熱くなった頬を指で撫でられ、ゾクゾクっと上半身が震える。その反応をごまかそうと澪は無駄な言い訳に走った。

「はい、ずっと、お湯につかっているので」

本当はそれほどでもない。しかし魁成に身体を支えられ、うながされるまま一緒に立ち上がり浴槽を出る。

このまま浴室を出るのかと思ったが、抱きしめられキスをされた。

彼の手や指が腰や背中をなぞり肌をまさぐる。ゾクゾクと官能が騒ぎ、合わさる唇の間《あわい》から熱い吐息が漏れた。

「どうしてだろうな。澪に触れていると、制御が効かなくなる」

それは、ある意味澪も同じ。魁成に触れられていると、自分が自分ではなくなったような気がしてくる。

キスが深くなると、彼の手も表面だけではなくもっと深くへ進もうとする。密着する肌が熱くなってくるのを感じた。

「こんなに欲しくなるのは、初めてだ」

「かい、せいさん……」

昂ぶりのまま彼がこぼす言葉を嬉しがる自分がいる。ただ熱情に衝き動かされて出ているだけかもしれないのに。雰囲気に合わせて澪を喜ばせてくれているだけかもしれないのに。

だから、聞きたくても聞けない。

——どんな気持ちで、そう言ってくれているのだろう。

決定的な言葉を、魁成からもらいたがっている自分の愚かしさを感じながら、彼がくれる愉悦に酔っていく。

「かいせいさん……」

澪自身、彼に対して生まれているこの感情を推し量れずにいるというのに。

体裁のために選ばれたのだという思いが、大切な感情の妨げになる。どんなにふたりで笑い合えても、こうして熱い肌を合わせて感じ合えても、欲しい言葉はもらえない。

自分からも、きっと言えない。

生まれて初めて感じる、胸をあたたかくする大切な感情。

伝えられない悲しさで心は泣くのに、魁成に求められる悦びで身体はどこまでものぼりつめていく。

悲しさを振り切るように、澪は魁成の背中に腕を回し、甘い鳴き声をあげた。

「なんだか、ご機嫌だね、姉さん」

滋に笑われ、澪は不思議そうに小首をかしげた。

「そう？」

「うん、なんか、いつも以上にニヤニヤしてるよ」

「ニヤニヤって」

困った声を出すとアハハと笑われる。昨夜は魁成と思い切った話ができたし、いつも以上に彼を感じられた気がして気分がいいのは間違いじゃない。

けれど、ご機嫌ですねと言いたいのはこちらの方。最近の滋は、本当によく笑うようになった。

小笠原商事の社長室。現在は滋が、社長代行としてこの部屋で執務にあたっている。

この二週間で、会社の様子を見に来るのは六回目。訪れるたびに社内が活気づいているのがわかる。直接見た方が安心するだろうといわれた通り、見に来てよかったと思う。

もう大丈夫だろうというのが実感できる。

間違いなく、小笠原は再生し安定してくれるに違いない。

そうだとすると、もう澪が見に来る理由もなくなるだろうか。

「ご機嫌なのは代行も同じではありませんか？　特にお姉様がいらっしゃった時は、

ご機嫌も倍増ですね」

澪の言葉を代弁してくれたのは、秘書の松浪愛《まつなみあい》だった。

彼女は小笠原商事の再生計画のためにSOJからやってきた精鋭のひとりだ。歳は二十八歳で澪よりも年上だが、とても柔らかな雰囲気で話しかけやすい。ついでに長いストレートヘアが特徴の和風な美人である。

SOJの精鋭が滋の秘書になったと聞いた時は、大財閥が送りこんだ精鋭なのだからと、強面の厳しい人物を想像した。

滋が馴染めなくて怖がっていたらどうしようと姉馬鹿をこじらせたものだが、そんな心配はまったくの杞憂。実にとっつきやすい女性である。

「そうなんですか？　愛さん」

「ええ。代行はお姉様がいらっしゃる時は、とてもご機嫌なのですよ。いらっしゃるまでソワソワして落ち着きもありませんし」

「ちょっ、愛さんっ」

応接セットに向かい合って座るふたりの前にコーヒーを置き、愛は澪に告げ口をする。滋が慌てて止めようとするが聞こえないふりだ。

名前で呼んでいるのは、親しみがあるからとかの理由ではない。本来苗字で呼ぶべきなのだが、できない理由がある。

「失礼いたします、代行」

声のトーンだけで生真面目さが窺える低音とともに、男性が入ってくる。三人が同時に顔を向けるが、彼は滋にのみ話しかけた。

「先日の件で動きがあったようです。様子を見てまいります」

「それなら、僕も行った方が」

「代行はこちらで待機してください。今貴方が動いても役には立ちません。かえって危険です」

澪は目をぱちくりとさせる。仕事の話だろうが、随分と手厳しい。滋も苦笑いで
「危険か、そうかもしれないな」などと言っていて、澪としてはさらに驚きだ。

(え？　役立たずって馬鹿にされたようなものじゃないの？　言い返さないの？)

滋が納得したのを見て、男性は「はい」とうなずいている。彼、松浪誠《まこと》はＳＯＪから来たもうひとりの秘書だ。

三十歳でなかなかに見目がよい。表情からも勤勉さが表に出ている。苗字が同じところでわかるように、愛の兄である。

愛を苗字で呼べないのは、秘書がふたりとも松浪だから。兄妹とも漢字一文字の名

前は澪と滋の姉弟と同じだったせいか、なんとなく印象に残った。

愛と誠、という映画があったような、と思い出したのも印象的だった原因のひとつだ。

「兄さん、もう少し言いかたに気を遣ってくださいね」

やんわりと愛が窘めるが、松浪の方はどこ吹く風だ。涼しい顔で妹に言い返す。

「これ以上気を遣った言いかたがあるか。それと、職務中に『兄さん』はやめなさい」

「はいはい、第一秘書殿」

どう聞いても揶揄しているとしか思えないのだが、松浪は納得してうなずき、澪に会釈をしてから退室した。

(嵐のような人だ)

無駄なことは一切しない、職務に忠実、そんな雰囲気がすごい。

「大丈夫ですか? 落ち込まないでくださいね、代行」

愛が声をかけると、滋は背筋を伸ばしてスーツの襟を整え、平気アピールをする。

「大丈夫ですよ。もう慣れました。あれは松浪さんの愛情表現ですから」

「あんなひねくれた愛情表現は、私はいやですが」

妹だけあって遠慮がない。滋は本当に気にする様子もなく笑っているが、その笑顔に姉センサーが反応した。

普通とは違う笑顔だ。澪に見せるのとは違う種類の嬉しそうな顔。それを、愛に向けている。

（滋って、年上の女の人が好きだったっけ）

弟がいいなら別に構ないと考えつつ、ちょっとソワソワしてしまう姉心なのである。

「ごめんなさい、もしかしてわたしが来ているから、滋が出かけなくてもいいようにって、松浪さんが気を遣ってくれたのではない？」

可能性はある。それがわかっているから、滋も特に気にしていないのではないか。

すると、愛と顔を見合わせうなずき合った滋が、深刻な顔をして澪と向き合った。

「違うよ。僕が外出を制限しているんだ。実はね、最近になってわかったんだけど」

なにか重要な話らしい。活気付いてきている社内を見ているだけに、悪い話ではありませんようにと願わずにはいられない。

「うちの会社、中華圏の企業に狙われていたらしい」

「狙われていた？」

「うん、早い話が、乗っ取りの対象にされていたらしくて。ほら、一時期を境に急激に業績が下がりはじめただろう？　裏で手を回されていたらしいんだ。でも、西園寺財閥が介入してきて裏工作が通用しなくなった」

「そんなことが?」

考えられないとはいえない。著しい業績低下は畳みかけるように次から次へと困難な状況を生み出し、それらに対応するだけで精いっぱいで根本にある原因を探る余裕などなかった。

「狙われたのは、小笠原商事の格式と歴史を持った伝統ある日本企業という肩書きです。それを自分たちのものにして、日本進出の足がかりにしようとしたのでしょう」

言葉を失った澪に、愛が説明をしてくれる。彼女の声は柔らかさをかくし、緊張感のある張りつめたものに変わっていた。

「いきなり西園寺が介入し、資金面も人脈も操れなくなった。最後に考えられるのは、上層部への直接的な関与です。接触の可能性がありそうな幹部には見張りとSPがつき、外出を抑えていただいております」

「滋にも、ついているんですか? 病院の父には」

「もちろんです。社長にも、代行にも、そばに配置しております」

「今もいらっしゃるんですか?」

尋ねながら周囲を見渡す。魁成もSPをつけて歩いている。その雰囲気を頭に置くが、室内に他に人はいないし廊下にもそれらしき人物が立っていた様子はなかった。

しかし愛はにっこりと微笑んで滋の横に立ったのだ。

「はい。いつもおそばに、配置しております」

その言葉の意味はすぐにわかった。愛の表情が、柔らかなものから一転、とても凛々しいものに変わったのである。

秘書がふたりもついた本当の理由が、わかった気がした。

「狙われていたとおっしゃっていましたね。解決のめどは」

「間もなくでしょう。相手側には、かなりの圧をかけましたから」

「そうですか。そんなことがあったのですね。知りませんでした」

知らなかった。乗っ取りのターゲットにされていたなんて大ごとだ。そんな重要な事実も知らされず、ただ再生していく様を喜んでいたなんて。

魁成はなぜ教えてくれなかったのだろう。澪が小笠原商事のために奔走していたのを知っているはずなのに。

「澪様」

表情が沈んだ澪を慮るかのように、愛がおだやかな声をかける。

「澪様に知らされなかったのは、会社の件で心配をさせないよう、副社長のご配慮かと存じます。澪様には、西園寺魁成様の奥様になられるという、なによりも大切なお役目がございます。それを第一に頭に置かなくてはならないお立場ですから」

「そうですね」

他に答えようがない。その通りだ。業績悪化の原因が仕組まれたものだったなんて聞かされたら、それで頭がいっぱいになってしまうだろう。

仕組んだ会社はどこなのかとか、内部に加担した者はいないのかとか、解決方法はあるのかとか、うるさいくらいに魁成に聞いてしまう。彼が答えてくれないなら、志賀崎を問い詰めるかもしれない。

(佳美さんに怒られそう)

それこそ、西園寺魁成の妻になることを第一に考えなさいと言われてしまいそうだ。

「でも、よかった」

澪は気を取り直してコーヒーカップを手に取り、滋に顔を向ける。

「会社が危機に陥ったのは仕組まれたものだって聞いて、ちょっとホッとしちゃった。あの頃滋、随分責任を感じて悩んでいたものね。ホッとした、は、あまりいい言いかたではないけれど」

「でも、僕も、正直ホッとしたんだ」

気まずそうに口にして、滋もコーヒーカップを手に取る。すぐ口をつけ、話を終わらせた。

会社が乗っ取られそうだった話を聞いてホッとしたなんて言ってはいけないけれど、あの頃、滋は自分が経営に関わった世代で会社を潰してしまうのかもしれないと随分と悩み苦しんでいたのだ。自分の能力不足のせいだと考え、つらい毎日だったろう。

澪だって同じだった。社長秘書として、父を支えきれなかった。心を病み苦しみ、責任感で命を押し潰そうとした父。その迷いから救えなかった。それをどれだけ悔いたか。

「西園寺さんのおかげだよ」

ポツリと呟く滋の言葉が胸に沁みる。

澪の選択は間違っていなかったのだと、心から思える。

姉弟が視線を合わせて笑顔を交わす。こんな風におだやかに笑い合えるようになった今を喜ぼう。

「はい。お疲れ様です。……ええ、いらっしゃいますが」

愛のスマホになにか連絡が入ったようだ。着信音が聞こえなかったような気がする。それだけ反応が早いのだろう。

「そうですか。お待ちください」

一瞬迷った様子を見せながら、愛が澪に顔を向ける。

「澪様に面会希望だそうです。金森という男性です」

「金森さん？　金森開発のご子息？」

「はい。私としてはお取次ぎしたくはありませんが、先方が、澪様に謝罪をしたいからと」

「謝罪ですか」

愛は金森が澪に言い寄っていたのを、情報の一部として知っているのかもしれない。渋い表情を見る限り、取り次ぎたくないというのは本音だろう。

パーティーの時は華湖に金森からのカードを渡された。それを返されてまで会いに来るのは、澪に謝罪をしたいと真剣に考えての行動なのかもしれない。

没落寸前だった家の娘を、彼は金で買い取ろうとした。性的な言葉で揶揄されもした。しかし、そんな澪が世界に名だたる大財閥の次期総帥と婚約をしたのだ。

金森は悔しがるどころか焦っただろう。澪が金森にいやな思いをさせられたと魁成に告げ口をすれば、なにか制裁があるかもしれないと考える。

小笠原家に顔を出し、華湖に取り入ったのだって、澪に謝罪をするチャンスがないかと必死だったのかもしれない。

婚約披露パーティーで渡してもらおうとしたカードはつき返された。血の気が引いたのではないか。

そうなら、無下に無視し続けるのも考えものだ。確かにいやな思いはしたが、実害があったわけではない。自分だけではなく父親の会社もどうなるかわからないというところまで思い詰めている可能性だってある。

そこまでいったら逆に気の毒だ。

「お会いします。どちらに行けばいいですか」

澪の返事に眉をひそめた愛だったが、すぐに対応してくれた。

金森はエントランスに面したロビーで待機しているらしい。澪がそこまで足を運ぶのだが、話をするのは条件がつけられた。

相手とは二メートルの距離をとる。握手などは禁止。面会は十分。

随分と厳しいとは思ったが、澪に言い寄っていた人物という部分で警戒する必要があるのかもしれない。

ひとりでエントランスに下ると、ロビーで立ったままキョロキョロしていた金森がいち早く澪を見つけた。

「澪さん！」

椅子のあいだをぬって、速足で近寄ってくる。澪が立ち止まると、金森も思い出したように足を止めた。

「ああ、そうだった、二メートル以上近寄らないようにって言われてたんだ」

苦笑いで呟くものの、ふと忌々しげに頬が歪む。

「ストーカー扱いだな」

彼には気の毒だが、あくまでも澪の安全を考えての対応だ。金森がしてきたことを考えれば、澪も「そこまでしなくても」とは言えなかった。

「まあ、いいや。澪さん、ご婚約、おめでとう。知った時は本当に驚いたよ。そんな素振り、まったくなかったのに」

「ありがとうございます。気安く口外はできませんでしたので」

「そうだ、よな。知らないで君にあんなことをしたんだから。今考えると、恥ずかしいな」

金森が無理やり澪との援助関係を進めようとしていた時は、まだ魁成に話を持ちかけられてはいない。誰だって、ほんの数分で結婚を決断したのだとは思わないだろう。

「とにかく、あの時はごめん。……根に、持ってる？」

探るような尋ねかただ。やはりなんらかの制裁が下るかもしれないと不安なのだろう。

「気にしていません。金森さんがいらっしゃって『謝りたい』と聞いた時、なんだろうかと考えてしまったほどです」

金森の存在など頭の片隅にもなかったとわかれば、気にしなくてもよかったのだと安心するのではないか。そう考えたのだが、金森は口角を自嘲気味に上げた。

「余裕だな……。大財閥の奥様になると思ったら、急に態度がデカくなったんじゃないか」

徐々に声が小さくなっていく。エントランスの物音に紛れ、ギリギリ澪には聞こえる程度の声で、金森の〝独り言〟が発せられる。

「この会社も小笠原の家も、そのうち西園寺に消される。マイナス要素しかない会社や金を使うことしか知らない人間がいる家を、ＳＯＪみたいな巨大資本が、いつまでも守ってくれると思わない方がいい」

なにを言っているのだろう。恨み言だとしても、陰湿だ。

「夢が見られるのは結婚までだろうな。その後はデカい屋敷に閉じ込められて、自由なんかなくなる。唯一の仕事は、たまに帰ってくる旦那のベッドのお相手だ。うまくやらないとそれもなくなるだろうよ。びっくりするくらいのイイ男だ。囲ってる女はごまんといるだろうし」

「あなたは、わたしに謝罪がしたいからこちらに足を運ばれたと伺っていますが？」

これ以上は聞きたくない。

金森の小声を無視し、普通の声の大きさで話を変える。金森の存在を頭に置いていなかったと言ったのが悪かったのだろうか。しつこく覚えられていても、かえって困るのは金森の方なのに。

エントランスへはひとりで下りてきたが、だからといって本当に〝ひとり〟ではない。西園寺家からつけられた付き人やSPが距離を置いて取り囲んでいる。

急に声を潜めて表情を変えた金森を、チェックしていないはずがない。社員とは雰囲気が違うスーツ姿の男性がふたり、金森に近付いていく。

牽制する様子は、わざと気付かせようとしているよう。さすがに本人もまずいと思ったのか背筋を伸ばし、声を張った。

「そうなんですよ。謝りたくて。いや、本当に申し訳ありませんでした。ちょっと態度が大きすぎた。知らなかったとはいえ」

軽くハハハと笑い、腰を折っておどけた礼をする。

「では澪さん、失礼します。――あっ、さっき言ったこと、確かめたほうがいいですよ。特にご実家」

余計な置き土産は忘れない。金森は逃げるようにエントランスの出入口へ向かった。

「なにか言われましたか？」

気にかけてくれるＳＰに平気だと告げ、澪は「ちょっと電話を」と言ってロビーの片隅に移動した。

気になったのだ。意味ありげな言いかた。さも連絡をしろと言わんばかり。実家といえば、金を使うことしか知らない人間がいる家をいつまでも守ってくれるはずがない。と、西園寺に見捨てられると言いたげな話をした。

ただの負け惜しみとは思えない。金森のような男が自分に勝算のない言葉を、これ見よがしに口にするとも思えない。

母のスマホにかけると、すぐに応答があった。

『澪さん？　まあまあまあ、やっぱり母と娘ね。通じ合っているんだわ。わたくしも、今澪さんに連絡をしようと思っていたの』

ドキリとしたし、おかしな予感しかしなかった。

魁成に与えられたスマホの番号を最初に教えたのは滋だ。二週間前、会社に様子を見に行く了解が取れたと伝えた時だった。

滋から母や華湖、トミ子にも伝わったらしく、華湖やトミ子からは時々メッセージなりなんなりがあったが、母からは一度も接触がない。

自分が困った時だけ「澪さん、澪さん」と頼ってくる人なのだ。

「お母さん、お変わりないですか？　なんとなく様子が知りたくて」

『それなんだけどね……』

もったいぶった声に動悸がする。固唾を呑んで次の言葉を待った。

『幸田さんがね、来てくれなくなったの』

「は？」

ちょっと拍子の抜けた声が出る。調子がついたのか、鮎子はそこから一気に話しだした。

『幸田さんが、うちの担当から外れちゃったらしいのぉ。また担当になってほしいってお願いしても、上からの指示だから無理だって。でね、外商さんが来てくれることは来てくれるのだけれど、その人がケチなのよ～。今までよりグレードの低いものばかり持ってきて、予算からここまでが精いっぱいだって。信じられないわ。幸田さんに戻ってほしい～』

「ですが、百貨店の判断でしょうし」

とはいえ、幸田は外商の中でもトップの成績を誇る男だった。上客は絶対に離さない。西園寺家がバックについた小笠原家から離れるだろうか。

「予算から、って言っていたけれど、金額を指定してお買い物をするようにしたんですか？」

もしそうだとしたらいい傾向なのだが。

『そんなわけがないでしょうっ。そんなしみったれたことしたくないわ』

ですよね……。心の中で諦めをつける澪に、鮎子の愚痴は続いた。

『先週から西園寺家の人が何人か来て、お屋敷の中を整理しているの。ごちゃごちゃとしたものが片付くのはいいのだけれど、片付けすぎなのよ。家の中が空っぽになっちゃうわ』

「空っぽ？」

『そうそう、お義父様のコレクションも片づけられてしまったわ』

「それ、お祖父様の水墨画とか焼き物のこと？」

『ええ。お部屋はお掃除してくれたからスッキリしたけれど。でもね、ママが昔集めたアンティークの置物とかも片付けられてしまって。まあ、飽きたから放置していたようなものだけど。それはいいんだけど、西園寺家から会計担当とかいう人が来て、一カ月これだけの予算で回すようにって。ひどいと思わない？　金額を気にして生活しなくちゃいけないなんて。どうなっているのかしら、澪さんご存知？　……澪さん？」

延々と話していたが、澪の反応がないのでおかしく思ったのだろう。鮎子が不思議そうに呼びかける。

しかし澪はそれに応える余裕が持てなかった。

（どうしてそんなことに）

実家にまで西園寺の人間を派遣するとは聞いていない。家の中を整理されるのは構わない。屋敷中、鮎子や華湖が興味とノリだけで購入したものであふれていた。それらが断捨離されるなら、かえってスッキリしていい。

けれど、祖父のコレクションは別だ。あれらはガラクタではない。

（どこへ持って行ったの？　片付けたって、売却したとかではないといいけれど）

祖父のコレクションは小笠原家の財産だ。会社が危なかった時、最後の最後、本当に会社がダメになってしまった時、少しでも社員たちに退職金を渡してあげたくて守ってきた。

処分しないで済んだのだから、大切に保管されるべきものではないか。

おまけに一カ月の予算まで提示されたという。確かに支援は受けているが、なぜそこまでされているのだろう。

『なんだか自分のお家じゃないみたいで、おかしな気分。澪さん、なにか聞いていない？』

「特には、なにも」

『じゃあ、聞いてみてくださらない？ 澪さんに厳しく言われていた頃より窮屈だわ』

「ひとまず、西園寺家の人たちに従ってください」

『え？ 澪さ……』

まだなにか言いたそうだった鮎子をさえぎって通話を終える。そのまま社長室へと急いだ。

胸騒ぎがする。金森からおかしな話を聞かされたから余計に、だろう。

社長室へと戻ると、いの一番に愛が近寄ってきた。

「ご無事でしたか。あの男には見張りをつけましたので、ご安心を」

「ありがとうございます。謝罪をされただけなので、大丈夫です」

滋の声がする方を見やると、彼は電話中だ。デスクで書類を見ながら話をしている。

「第一秘書からの電話です。決裁伺いでしょう。澪様、コーヒーが冷めてしまいましたので別のものをお持ちいたします。甘いお飲み物はいかがでしょう、ミルクティーとか。私、得意なんですよ」

「嬉しいです。お願いしてもいいですか？」

「はい、もちろん」

愛は笑顔で退室する。滋に聞きたいことがあったので、都合がいい。

デスクに近付いていく。会話はもう終わるところだった。

「そうだね。僕より松浪さんの考えの方が理にかなっている。それでいいと思うよ。ありがとう、よろしく」

通話を終え、ふうっと息を吐く滋に声をかける。

「本当に優秀な秘書をつけてもらっているね。滋がそんなにアッサリと自分の意見を譲るなんて」

そんなつもりではなかったが、皮肉に聞こえたのかもしれない。滋はちょっと困った顔で笑う。

「うん……、なんていうのかな、本当に頭のいい人なんだ。考えかたが合理的で隙がない。それ以上の案を出そうとしても追いつかないんだよ。本当にすごい。さすがは

SOJの精鋭だよね」

　ふと声のトーンを落とし、表情も落ちた。

「会社を立て直す案を出された時も突拍子もなくて驚いたけれど、すべて松浪さんが言った通りに再生していっている。……僕なんか、いなくてもいいんじゃないかって、松浪さんが仕切った方がいいんじゃないかって、たまに思うよ」

「なにを言っているの！　あなたは社長代行でしょう！」

　つい声を張ってしまい、滋が驚いた顔で澪を見る。吐いた弱音に叱咤激励を受けたのだと取ったのか、すぐにいつもの笑顔を作った。

「うん、そうだね。ごめん、頑張るよ。ある意味、すごいのは当然なんだ。西園寺財閥の次期総帥のお墨つきで秘書についてくれている人なんだから。勉強させてもらっている心構えでいなくては」

　前向きな弟の言葉で心が落ち着いていく。焦燥していたものが少し収まった気がした。

「そう、すごいのは当然だものね」

　けれど、そんなにすごい人物を秘書につける必要があったのだろうか。魁成は滋の経営者としての能力を評価してくれていた。先見の明があるとまで称してくれた。

それならば、滋の能力を支えていける秘書をつけるべきではなかったのか。かえって松浪では滋の上をいきすぎていて……。

どっちが社長代行だかわからない。

内臓に冷や水をかけられたかのよう、冷たい不安がじわじわと浸透していく。

小笠原家にかけられていく規制、小笠原商事が再生していく陰の立役者。それらに関わっているのは、西園寺財閥の人間。

――この会社も小笠原の家も、そのうち西園寺に消される。

「澪さん」

金森が言い残した不穏な言葉を思い出した時に呼びかけられ、ビクッと大きく身体が震える。慌てて声の方を見やると、ドアの前で愛が申し訳なさそうに立っていた。

「ミルクティーを淹れたのですけれど、茶葉に迷ってしまって。二種類作ったので味見をしてもらってもいいですか？　お好みの方をお出しします。給湯室までご足労願えればと」

「あ、はい、構いません」

驚きで早くなる鼓動を収めようと深く呼吸をし、ドアの方へ足を向ける。そのうしろから滋が長閑な声を出した。

「ミルクティーですか？　それも愛さんお手製の？　羨ましいですね」

「では、代行にもお持ちいたしますよ」

「それは嬉しい。姉さんが選ばなかった方でいいですから」

「承知いたしました」

クスリと笑って一礼した愛が、澪を廊下に出しながらドアを閉める。彼女について給湯室へ向かうあいだ、澪はくすぐったくて仕方がない。

（滋、いつもはミルクティーとか飲まないのに）

心を寄せた女性が作るなら、自分の好みなど二の次なのだろう。

そう考えると、パーティーの翌朝、魁成が澪が手をかけたロールパンサンドを食べてくれた嬉しそうな笑顔を思い出す。

（魁成さんも、心を寄せてくれているのだろうか……）

そんな考えは自惚《うぬぼ》れだ。

そう自分に言い聞かせても、少しくらいは、と彼から特別な気持ちを感じたがる自分がいる。

体裁のために結婚をするのに。

給湯室に入ると、ふわっとミルクティーの芳醇な香りに包まれた。沈みかかった気持ちが明るくなる、優しい香りだ。

「こちらなんです。ひと口ずつでもいいので味わってみてください。香りもそれぞれ違いますから、お好きな方を」

中央に置かれたテーブルの上に、白いティーカップが二客載っている。どちらにもミルクティー色の液体が湯気をたてていた。

「スプーンで飲んだ方がいいかも。選ばなかった方を滋に出すなら」

「いいえ、カップからお飲みください。その方があたたかみと香りをより感じられます。お気になさらないでください、代行には別にお淹れいたしますので」

「わかりました」

余計な気遣いだったようだ。選ばなかった方ではなく、愛が滋のために淹れたのだと知ったら、喜んでお代わりしてしまうのではないだろうか。

「じゃあ、いただきますね」

「どうぞ」

片方を手に取り、唇をつける。液体が口に入る前に鼻孔がミルクティーの香りでいっぱいになった。

とてもいい香りだ。茶葉の香りをひとつにまとめている、このまったりとした感じはなんだろう。

香りに惹かれて、少々多めのひと口になってしまった。次のカップを手に取り、澪は照れ笑いをする。

「こちらもいい香り。今飲んだものもとても美味しいです。両方飲みたいかも」

「両方でもいいですよ」

「お腹がカプカプいいそう」

小さく笑ってカップに唇をつける。口腔内に液体が流れ込み、そのまろやかさに――なぜが、めまいがする。

「ミルクティーは、気持ちが落ち着きますよね」

愛の声が、なぜだろう、少し遠くに聞こえる。

「澪様はお疲れなのですよ。少し、お休みになってください」

手の力が抜ける。ガシャン、と、陶器がぶつかり合う大きな音がした……ような気がする。

「ご実家のことも、会社のことも、心配なさらないでください。すべて、私たちが――」

全身の力が抜ける。急速に落下していく感覚とともに、澪は意識を手放した――。

第四章　初恋が大きな愛に変わる時

「なにかいいことでもありましたか？」

そう聞かれて最初に思い出すのが澪の顔だ。

以前までは、なにかあっただろうかと考える方が多かったのに。最近は、〝いいこと＝澪〟の公式が成り立ってしまっている自分を感じる。

なだらかな上昇線を描くモニターのグラフから目をそらし、魁成は重厚な椅子をくるりと回して脚を組む。

ＳＯＪの副社長室。今日は澪も小笠原商事へ顔を出しに行っている。帰りの時間を合わせて、ホテルのディナーでも提案しようかと考えていたところだ。

「いいことがあったように見えるのか？」

逆に問うてみれば、目の前に立つ志賀崎は嬉しそうに表情をながめる。

「はい、とても。おそらく澪様絡みだろうとは見当がつきます」

「そうか、わかるくらいか」

やはり気分がいいのは澪のおかげなのだ。悪いわけがない。昨日は花を喜んでくれた上、一緒に入浴をして愛しい時間を過ごした。

気分がいいどころか、思い出しただけで高揚する。

「お気付きになっていないかもしれませんが、ときおり口元がゆるまれますね。それくらいでしたら私くらいしか気付きませんが、あまり気をゆるめてニヤつかないようお気をつけください。魁成様がニヤついた顔など見せた日には、ＳＯＪの一大事かと社内に激震が走ります。澪様のお姿を想い描かれるのも、極力控えめにお願いいたします」

……容赦がない。

それもこのおだやかな顔のまま言い放つのだから始末に悪い。

昔からそうだ。

幼い頃、魁成の世話役、遊び相手としてやってきた人間の中で、志賀崎と佳美だけは表情が読めなかった。

大財閥の跡取りとして天性の存在感を持つ魁成に、脱落せずついてこられたのはふたりだけ。志賀崎と佳美には、魁成も特別な信頼を置いている。

志賀崎はこのおだやかさに似合わないくらい策略家で腹黒いし、佳美は厳格な女性の仮面の下に照れ屋で感情表現がヘタという性格をかくしている。

「本日もお花をご用意いたしますが、なにかご希望があれば」

「ああ、今日は用意しなくてもいい。帰りは澪をディナーに誘おうと考えている」

「それはいいですね。おふたりでいろいろな経験をされるのはよいことです。離れのお屋敷以外でのディナーは、パーティー以来ではないですか」

言われて気付く。澪と食事に出かけるのは初めてだ。離れに帰れば必ず澪がいるから、誘ってどこかへ行くというのがない。

「連れて行ってやりたい店が、たくさんある」

「そのお気持ち、大変よろしいです。そうお思いになられるのでしたら、毎日外食されたらいい。外食が増える分、自分の味も覚えておいてもらおうと、板垣は前以上に張り切ってストロベリータルトを作りますよ」

とんでもなく魅力的な提案だった。ストロベリータルトの話ではなく、毎日澪と外食をしたらいいという方だ。

気に入っている店や、魁成が好きなメニューを澪にも勧める。彼女は気に入ってくれるだろうか。好きになってくれるだろうか。

「そうだな、いいかもしれない」

「お休みの日は、澪様とお出かけされては？　魁成様が運転される車でドライブもいいでしょうし、お屋敷のシアターではなく、映画館で映画を観たり観劇をしたり。そう、デートをされたらいい」

「デート……」

なんとも縁遠い言葉だ。生まれてこのかた、そんなものをした経験がない。

生まれた時から西園寺財閥の跡取りになると決定づけられていた。そのために育てられ、そのための勉強をしてきた。

人付き合いもそうだ。映画や観劇を女性込みで観たことはあるが、あくまで付き合い。魁成が運転をする車でドライブなんて、大学時代の男友達くらいしか思いあたらない。

「しかし、デートというものは、婚約してもするものなのか？」

その名がつくものは、婚約も結婚も定まっていない男女がするものではなかったか。

お互いを知るために、一緒に行動する時間をいうのではなかったか。

（お互いを知るために……）

魁成は自分の思考に疑問を投げかける。

（俺たちは、お互いをわかり合っているだろうか）

澪のことは、なんでも知っているつもりだ。生まれた病院から学生時代の成績、視力聴力、今まで治療した虫歯の数、好きな洋服の傾向やスリーサイズ、口にはできないが体重まで。すべて調べさせ、網羅した。

だが、本当にそれで彼女を知っていると言えるだろうか。

魁成には澪の表情が読めない。なにを考えているのかわからない時がある。

そして、彼女が自分をどう想ってくれているかを考えると、胸がきゅうっと絞られるように痛くなるのだ。

「婚約していたって、結婚していたって、大好きな人と出かけるならデートですよ。そろそろ魁成様も、それがわかってもよろしいかと思います」

相変わらずおだやかに、志賀崎は魁成に釘を刺す。

「澪様が喜ばれると嬉しい、そうおっしゃいましたね。それはなぜでしょう。特定の人が、自分がしてあげたことで喜んでくれる、その時自分も幸せになる。そんな感情を持つのは、澪様が初めてではないですか。魁成様は次期総帥としての才は過剰なほどおありなのに、恋愛に対しての才能はゼロですね」

「なっ……」

才能ゼロなどという、魁成の人生においてありえない言葉をかけられてしまった。

とっさに動いた感情のままに立ち上がりかけるものの、思い直してひたいを押さえ、ゆっくり息を吐く。

「そうだな」

――恋愛なんて、女性を恋愛感情で好きになった経験など、ない。

今までの人生において、魁成にそんなものは必要ではなかったから。

（そうか、俺は澪を……。やはり、この感情は、そうなのか）

自分では確認できなかった感情。澪に対して生まれていた、不可解にあたたかく、抑えきれない昂ぶりをもたらすもの。

彼女を、腕の中から離したくないと我が儘になる、これは。

「よしっ」

魁成はすっくと立ち上がる。知らず片手で握りこぶしを作っていた。

「デートだな。よし、完璧なデートプランを立ててみせる。その前にディナーだ、今夜の店を厳選しよう」

「予約いたします」

志賀崎が素早く自分のスマホを出すが、魁成は片手をたてて制止した。

「いや、俺が予約をする。メニューについて、食材の仕入れやシェフの見解も聞きたい」

「さすが、完璧です、魁成様。魁成様がそこまで考えてくれたと知ったら、澪様もお喜びになりますよ」

澪が喜ぶという言葉で、口元がヒクつく。ニヤケないよう引き結び、魁成はやっと理解できた気持ちを宝物のように感じる。

その時、志賀崎のスマホが着信音をたてる。魁成に背を向けて応答した彼だが、なにも話さないまま通話を終えた。

「魁成様、申し訳ございません。ディナーは先送りになりそうです」

志賀崎の声は深刻なものに変わっている。魁成も自然と表情を引きしめ、次の言葉を待つ。

「澪様が、拉致されました」

＊＊＊

最初に気付いたのは、甘い香りだった。

嗅覚がそれに慣れ、ほわりとした感覚とともに、やっと、まぶたが開いていく。

「ン……」

戻ってきた感覚のまま身体をひねる。ごろりと寝返りを打ち、自分がどこかに寝かされているのだと理解した。

「おや、目が覚めたんだ？ 意外と早かったな。ここに来るまで寝ていてくれたから、まあいいか」

不快な声が耳に入る。澪はゆっくりと上半身を起こした。

目に入る景色が一瞬理解できない。大きな窓。そこから見える夜景。どうやらベッドに寝かされていたらしい自分と、窓のそばに置かれた肘掛椅子に座る――金森。

「ここ……は」

ハッとして身体に視線を落とす。服は着ている。ボタンも外れてはいないし、ストッキングもちゃんと穿いていた。

「ご安心ください」

そんな澪の様子を悟ったかのように、背後から声がかけられる。聞き覚えのある声だ。まさかと思いながら振り向いた。

「澪様には指一本、髪の先も触れさせてはいません。ここへお運びしたのも、移動を担当したのも私です」

息を呑んだ。ベッドの傍らに立ったのは愛だったのだ。

「愛さん。なぜあなたが？」

この場にいるメンバーがおかしすぎる。この三人が同じ部屋にいるのが納得できない。

ベッドになにかが乗った気配がして、とっさに顔を向ける。金森がベッドに片膝をついて身を乗り出してきていた。慌ててズズッと後ずさる。

「さすがに、仲間だと思い込んでいる奴が出したものはすぐ飲むんだな。僕の時はなかなか飲まなくて、そのうち入り込んできた西園寺氏に取られたけど」

「飲む？」

すぐに思いつくのは愛が淹れてくれたミルクティーだ。香りがよくて、ふたつともとてもまろやかで美味しかった。

「あのミルクティーに、なにか……」

なにか入っていたのだ。飲んでからおかしな感覚に襲われて、澪は意識を失った。目が覚めたらここにいた。

入れられるのは愛しかいない。けれど、どうして彼女がそんなものを澪に飲ませる必要があるのか。彼女は滋につけられたSPではないのか。

澪は愛に向き直り、表情を硬くする。

「なぜこんな状況になっているのか、わかりません。なぜあなたが、わたしを騙すようなことをするのですか」

「申し訳ございません」

「謝ってほしいのではありません。説明をしてください。なぜこんな」

「西園寺と取引をするためですよ」

会話に割って入り答えたのは金森だった。澪は怪訝な表情で視線を移す。

「取引？　なんの？」

「小笠原から手を引かせるため。関与するのをやめて、見捨ててもらう」

「なにを言って」

「小笠原商事の実権を欲しがっている人たちがいる。せっかくうまくいっていたのに、澪さんが西園寺氏と婚約を決めたせいで圧がかかった。ただ引き下がったのでは逆に自分たちが危ない。西園寺に手を引かせるしか方法はないと、最後の手段に出た」

小笠原商事が乗っ取られそうになっていたと聞いたばかり。そのせいかうすら寒くなるくらい納得のいく話だ。最後の手段というのも、見当がつく。

「西園寺氏が手を引くだろう人間を拉致して交換条件にする。単純な方法だけど、なにより効果的だ。間違いがない。西園寺氏は決断が早い。小笠原商事も一族も、秒で捨てられる」

「金森さんが、それを知っているのはなぜなんですか」

澪が意外と冷静でいるので、金森はつまらないようだ。おどけて肩を竦めてからベッドを離れ、肘掛椅子に戻ってサイドテーブルのグラスを手に取る。大きな氷をカランッと揺らして、口火を切った。

「交流会で君と親しく話してたのをチェックされていたらしい。西園寺財閥が動き出した直後、すぐに手を貸してくれと接触があった。貸さない手はないよね〜、うまくいけば小笠原商事の社長として名前を置いてくれるっていうんだから。まあ、名前だけで、運営するのはこっちの人たちなんだけど。これで、親のおかげでデカい顔をしている成金男、なんて陰口ともおさらばだ」

一応、そのあたりの噂は気にしていたようだ。しかしうまくいっても社長として名前を使われるだけで本人が経営に関わるわけではないだろう。あまり今と変わらない。

金森が小笠原家へ顔を出し、鮎子や華湖に取り入っていた理由もわかった気がする。おそらく小笠原家の内部を探っては報告していたのだろう。いい顔をしておけば、澪に接触するチャンスもある。

どこまでも小狡い男だ。自分がなにをしているのかもわからず、目先の損得しか考えない。さすがに呆れる。

　金森の話はもういいとばかりに、澪は愛に顔を向けた。

「愛さんがここにいるのは、なぜなんですか」

「いろいろ考えた結果です」

「それって……！」

　自分の境遇、立場に不満があったのだろうか。それだから西園寺側を裏切る選択をしたというのか。

　信じられなかった。そんなに愛を知っているわけではないが、彼女は職務に忠実で、優しく完璧な秘書だった。

（滋だって、あんなに慕って）

　澪を拉致するために、滋の存在も利用されていた。そう考えると胸が詰まる。

「そうそう、すべてに満足しているように見えたって、それ以上を望むのが人間ってもんだよ。愛ちゃんに『仲間に加えてくれ』って声をかけられたのは婚約パーティーの直後くらいだったけど、いつ澪さんが会社に来るとか、付き人の人数とか、警護が手薄になる瞬間とか知れて便利だったな～。おかげでここまで澪さんを連れてこられた。さすがの西園寺も、こんなところに移動してるとは思わないだろう」

愛が答えないことまで金森が口にする。よほど機嫌がいいのだろう。カラになったグラスにボトルから琥珀色の液体を注ぎ、目の高さに上げて氷と交わる様を満足そうに眺めている。

「……ここは、どこなんです？」

慎重に尋ねる。大きな窓から見える夜景が、どことなく日本離れしているようで気になる。――仕事と観光で、見た覚えがある気がするのだ。

ふふんと鼻で嗤った金森が、指を曲げて手招きをする。

「窓から見てごらんよ。素晴らしい夜景だ。そんなに遠くもないし、お嬢様は来たことがあるんじゃないのかな」

そっとベッドを下りて、金森が近寄ってこないかを警戒しながら窓辺に寄る。そこからの景色に目を見張った。

沿岸から立ち並ぶ高層ビル群、この建物の並びには見覚えがあった。あまりにも壮大で美しい夜景。日本のそれとはまた違う趣のある豪華さ。

「香港《ほんこん》……？」

間違いない。窓から見えるウォーターフロント、あれはビクトリアハーバーだ。特徴的なビルは香港のシンボルとなっているものやランドマークタワー。わかるだけでもIFC《アイエフシー》國際金融中心、ジャーディン・ハウス、セントラルプラザ、香港コンベンション&エキシビション・センター……煌びやかで美しく、ひとつひとつ確認しようといつまでも眺めていたくなる。

これらが見えるなら、ビクトリアハーバーを挟んで九龍《きゅうりゅう》半島側の建物の中なのだろう。

「こんなところまで、どうやって」

乗っ取りを企てていたのは中華圏の企業だと聞いた。香港企業なのか、それとも近場に拘束場所を置いただけなのかは知らないが、国内で拉致しておくよりは安心だと考えたのか。

こんな愚かしい策を講じてまで、小笠原を乗っ取り、西園寺に歯向かおうとする者たちがいるのだ。

「無理ですよ……」

窓にあてた手を握りしめ、澪は苦々しく口を開く。

「わたしなんかをさらったって、西園寺が言うことを聞くはずがない。人間ひとりのために、愚策を講じる者たちに膝を折るわけがないんです」

澪は体裁のために選ばれただけ。魁成にとって都合のいい身分で、なお且つ利用しやすい境遇にいたから。

その澪を盾に取られたって、彼は動きはしないだろう。

目頭が熱くなってくる。澪が解放されないとなれば、魁成とはもう会えなくなってしまうのだろうか。

澪が戻らなくても、西園寺は体裁上、小笠原を守ってくれるだろう。それならそれでいい。会社を、家を守れるのなら。

「彼は、西園寺魁成です。西園寺財閥の次期総帥です。彼を侮ろうだなんて、愚かしいにもほどがある。妻候補のひとりを打ち捨てるくらい造作もない、彼は愚者に屈したりしない！」

澪の存在は、捨て駒も同じ。

それでも、彼と〝夫婦〟になろうと思った。

たとえ愛情のようなものはなくても、便宜上の夫婦でも、毎日が楽しくなるよう、伝えることは伝え合って、彼が澪と一緒にいて苦にならないよう。

せめて、せめて彼がおだやかに過ごせるよう。

澪と一緒にいて、楽しいと思ってもらえるように。

（魁成さん……）

嗚咽感に襲われる。流れてきそうな涙をグッとこらえた。

「えー、なに～、澪ちゃん、愛されてないの？　パーティーではすっごく仲良しだったって聞いたけど？　なーんだ、見せかけか」

酔ってきたのか、金森の下品な笑い声が耳に響く。それを耳に入れたくなくて窓の外に耳を澄ませた。微かな音楽が聞こえる。それに重なって、なにかの機械音――ヘリコプターのプロペラ音のようなものが聞こえてきた。

ふと思い出す。今は何時だろう。香港島を望むビクトリアハーバーが見える場所ならば、もしかしたらあれが見られるかもしれない。

澪は思いつくままに窓を押す。テラス窓の外には、大きめのバルコニーがあった。ヘリコプターの羽音が大きくなる。ぶわっとした質量の大きな風が入り込み、澪の髪やスカートが大きく揺れた、――その時。

沿岸のビル群が鮮やかにライトアップされ、夜空にサーチライトやレーザーが放たれたのだ。

香港では有名な光の絶景――シンフォニー・オブ・ライツだ。

誰もがこの光景に惹きつけられずにはいられない。……けれど澪は、視界に入るヘリコプターと、そこから縄梯子とともにバルコニーへ下がってくる人物にしか目がいかなかった。

なぜ彼が、ここにいるのだろう。

「さすがは、俺の妻だな」

そこに降り立ったのは、――魁成だ。

仕事帰りですと言わんばかりのスーツ姿で、縄梯子を掴んだまま片手で髪をかき上げる。

「愚策を講じる者たちに膝を折るわけがない。当然だ。理解が深くて喜ばしい。だが澪、君はひとつ間違っている」

「魁、成さ……」

まだ信じられない。目の前にいるのは、本当に魁成なのだろうか。

「西園寺ぃ⁉」

さすがにバルコニーの異常に気付いたのか、金森が慌てて立ち上がった気配がした。

直後ドスッという打撃音がして静かになったが、澪はなにがあったのかを確認する余裕がない。

そこに立つ魁成を、目と、耳と、心で感じるので精いっぱいだ。

「妻候補のひとりを打ち捨てるくらい造作もない。それは、君のことを言っているのか。それならば大きな間違いだ。澪を打ち捨てるなど、俺の生涯をかけてあり得ない」

これは、夢、だろうか。

こんな言葉を、魁成がかけてくれるなんて。

シンフォニー・オブ・ライツの光の競演が、魁成の背後で煌めいている。それと彼の姿が重なって、この世のものではないのではと思えるほどの尊さを澪に与えた。

「魁成さん……」

声が震える。内側からあふれ出すこの想いを、この気持ちを、どうしたらいい。

魁成が長く綺麗な指をなだらかに伸ばして、澪へと片手を差し出した。

「おいで、澪。俺の妻は、君しかいない」

涙腺が決壊した。

なにも考えられず、ただ魁成の手を取りたい一心で、澪は駆け出す。

「魁成さん！」

手を伸ばし、彼の手を取ったところで抱き寄せられ、大きな胸にしがみついた。

「魁成さん……魁成さんっ」

「澪、おかえり」

とてもあたたかい声だ。こんな風に名前を呼んでもらえるなんて。もう夢でもいい。

背中に両腕を回して強く抱きつく。これが夢でも、絶対に彼から離れないように。

「澪、好きだ」

信じられない言葉が耳朶《じだ》を打つ。耳の錯覚だろうか。しかしヘリコプターの羽音よりもはっきりと聞こえた。

目を見開いて顔を上げると、魁成と視線が絡んだ。とても情熱的な眼差しだ。見惚れてしまいそうなほど、凛々しくて綺麗だ。

「俺は、女性に好意を持ったことなどない。それだからわからなかった。澪がそばにいる時に感じるあたたかなものの正体が。澪を抱いている時に生まれる幸福感が。澪を離したくない。ずっとそばにいてほしい。愛している」

胸が苦しい。愛しさで胸骨が砕けてしまいそうだ。

認められないでいた。認めてはいけないと自分に言い聞かせていた。でも、もう我慢しなくていいのかもしれない。

「好きです、魁成さんが、好きです」

「澪」

「言ってはいけないと、わたしにそれを言う資格は一生与えられないと思っていたから……。でも、好きです。こんな気持ちで男性を想うのは、初めてです……」

唇が重なる。深く深く、魁成の唇が澪のそれと熱を伝え合った。

こんな幸せなくちづけは、初めてだ。

しかし、この瞬間の幸せは時間切れを迎える。上からおそるおそる声が降ってきたのである。

「魁成様、非常に心苦しいのですが、そろそろお上がりになってください。現地警察も到着する頃です」

唇を離し澪を見つめた魁成だったが、表情を改め正面を向いた。

「あとは頼む」

「承知いたしました」

澪の背後から聞こえたのは愛の声だ。慌てて振り向くと、愛はテラス窓の前で直立していた。

優しく、慈愛を感じさせる表情。いつもの愛だ。安堵感が澪の中を吹き抜ける。

「愛さん、やっぱり、そうなんですよね、裏切ったとか、そういうことじゃないのですよね！」

「裏切る気配など漂わせただけで、私は秒で兄に消されますよ。金森の行動を見張り、小賢しい鼠を一網打尽にするには現地に乗り込むしかなかった。澪様を騙すような策を取ってしまい、申し訳ございません」

愛が頭を下げると、魁成が補足をする。

「愛君の行動に、最終的な許可を出したのは俺だ。恨み言なら、俺が聞こう」

「いいえ」

笑顔で首を振り、愛に声をかけた。

「ありがとうございます！　本当の意味で、小笠原が救われました！　お兄様や仲間の皆さんにも、お礼をお伝えください！」

一度顔を上げた愛が、嬉しそうに微笑んで再度頭を下げる。その様子を見ながら、澪は魁成に抱き支えられ、上がっていく縄梯子からヘリコプターへと乗り込んだ。

「お疲れ様でございます、魁成様。澪様、お怪我はございませんか？」

なごやかな志賀崎の笑顔は、緊張感を忘れさせてくれるかのようだ。魁成に抱き寄せられたまま広い座席に腰を下ろす。すぐに彼の広い胸に抱きしめられた。

「魁成様、別荘に戻るルートでよろしいですか？　少し飛行を楽しみますか？」

「戻る。早く澪とベッドに入りたい」

理由がストレートすぎる。恥ずかしさ半分、同意する気持ち半分、澪はちょっと抵抗してみた。

「でも、あの、今ちょうどシンフォニー・オブ・ライツをやっているし、それを観ていくっていうのはどうですか？」

「あれは下から観るからいいのであって、上から観てもつまらん。そうだな、ウォーターフロントもいいが、クルーズ船から観るのが最高だ。今度時間を取ってクルーザーを出そう」

「素敵ですね。そうそう、以前、ツアークルーズの予約が取れなくて、香港文化センター前のベンチで観たんです」

「ツアー？　気にしなくていい、西園寺所有のクルーザーを出す」

スケールが違った。

「こうして澪がそばにいるといい気分だ。そうだ、澪、このままデートに行くか」

「デ、デートっ？」

聞き慣れない言葉に動揺が走る。魁成の口から出たと思うとなおさらだ。デートなんて、生まれてから二十六年間、したことはない。

せっかく香港に来ているのだから、香港デートだろうか。それともすぐ日本に戻って、日を改めてだろうか。

「別荘に、ここまで飛んで来たジェットが置いてある。それでドイツまで行くのはどうだ。澪が好きな城を一緒に観に行かないか。城に続く有名な街道をドライブするのもいいな。ドイツの別荘は古城風で結構気に入っているんだ。でもホテルを取るのもありか」

スケールが違いすぎた。

澪はクスッと笑って魁成の胸に寄りかかる。

「どこでもいいです。魁成さんと一緒なら」

魁成の手が澪の頭を撫で、指が髪を梳く。

おだやかな愛しい声が、吐息とともに落ちてきた。

「そうだな。俺も、澪と一緒なら満足だ」

言葉では言い表せない幸せが、澪の胸に満ち広がっていった。

クルーザーだデートだドイツだといろいろと話は出たが、今夜は香港の別荘で過ごすことになった。

プライベートジェットやらヘリコプターやらを所有し、その発着場所まである。当然敷地は広大だ。

香港の高級別荘地から少々離れた場所に建つ別荘は、眼下に香港のハイクラスビーチ、レパルスベイを望む贅沢な環境だ。
「西園寺家って、世界中に別荘があるんですか？」

ベッドルームのテラスには心地よい風が吹いていた。星空が明るく、ランプがいらないくらい。

シャンパングラスを片手に白いソファで寛いでいると、魁成がそこに気泡が弾ける液体を追加する。なくなりかけると注がれてしまうので、ちょっと飲みすぎではないかという気がしてきた。

「ある。気に入った場所にまた建てるから、複数ある国もある」

「建てすぎですよ。別荘に泊まりながら世界一周できそうです」

「できる。泊まりきれないかもしれない」

シャンパンを口にしてから、澪は小さく息を吐いた。

「想像を超えてます。本当にすごい家なんだなって……。いまさらですけど」

自分のグラスをカラにしてから、魁成が澪の顔を覗き込む。口につけかけていたグラスを離して、澪はクスリと笑った。

「そうやって、またわたしの表情を読もうとする。怖気づいてなんかいません。だって……」

こてっと、魁成の肩に頭をのせる。

「魁成さんがそばにいてくれるでしょう？」

「澪っ」

　今の言葉に感動したのか、魁成が澪の肩を抱き寄せた。のはいいが、勢いがよすぎて澪が持っていたグラスからシャンパンがこぼれてしまった。

「こぼれちゃいましたよ。いきなり抱き寄せるから」

「すまない。つい嬉しくて」

　一枚もので薄手のせいか、濡れた部分が肌に密着する。謝るわりにはすまなそうな顔ではない。シャンパンは胸元から腹部まで濡れジミを広げている。ここに来てから近隣のショップで調達した白いワンピースを着ている。

　おまけにカシュクールタイプなので、胸が目立って気まずい。

　だが逆に、魁成には都合がよかったようだ。胸元の濡れた部分に唇をつけ、ジュッと吸い上げた。

「魁成さん、ダメですよ」

「なぜ？　濡らしたままにしておくよりはいい」

「それは、そうですが」

「俺のせいで濡れてしまったのだから、俺に責任がある」

なんだかシャンパンをこぼした話に聞こえない。またそんな方向に考えてしまう自分が恥ずかしくて、澪は別の話題を持ち出す。

「あの時も、わたしの表情を読んだんですか？　完璧に言い当てられて驚きましたけど」

「あの時、とは？」

「ヘリでベランダに降り立った時です。『愚策を講じる者たちに膝を折るわけがない』とか『妻候補のひとりを打ち捨てるくらい造作もない』とか」

口に出してみて「あれ？」と思う。いくら情けない顔をしていたとしても、そんなところまでわかるはずがない。本当に澪が言った通りの返答が返ってきたのだ。

それらを澪が口にした時、まだ魁成はバルコニーに降り立ってはいなかった。聞こえたはずもない。

「あれは愛君に盗聴器を持たせていた。澪たちの会話は、こちらに筒抜けだった」

「そうなんですか」

驚きではあるが、愛がもともとならず者たちの排除のために動いていたのなら、その会話や行動を伝えるために録音をしたり盗聴器を使ったりするのは当然なのかもしれない。

「納得です。全部聞こえていたんですね」

「ああ。澪が『彼を侮ろうだなんて、愚かしいにもほどがある』なんて言ってくれた時は、ものすごく志気が滾った。期待に応えねばと思った」

「だって、そう言ってもおかしくないくらい、魁成さんはすごい人ですから。でも、あの……」

「ん？」

その〝すごい人〟が、シャンパンをこぼした胸にずっとキスをしているのは、どうだろう。

おまけに時折悪戯をするように鎖骨を唇で食み、首筋をくすぐる指が、そこからボディラインをなぞりながら落ちていく。

「もう、天下の西園寺魁成が、なにをやっているんですか」

「澪の前では、澪が好きで好きでたまらないひとりの男だ。抱きかかえてずっとくっついていたい」

なんて恥ずかしいことを言ってくれるのだろう。けれど、この人がこんな言葉を自分に対して言ってくれているのだと思うと、止まらないくらい愛しさが湧いてくる。

「魁成さん、好きです」

魁成の頭を胸で抱きしめる。頭を撫で、髪を指で梳いて頬擦りをした。

「澪っ……」

欲情をかくしきれない声に反応した身体が、熱を灯してずくんと疼く。魁成の唇が首筋から上がり、耳朶を食んで熱い吐息を流し込んだ。

小刻みに上半身が震え、手の力が抜ける。防ぐ術もないまま、シャンパングラスは液体を澪の膝にこぼしながら床に転がった。

「これはいけない。早く脱がなくては」

「都合のいい理由ですね」

「最高に都合がいい」

皮肉も通じないままその場に立たされ、肩から布を落とされたワンピースはスルスルとボディラインを滑り落ちていく。

その軌跡を追うように、魁成の唇が身体を滑る。両膝立ちになった彼に腹部に吸いつかれ、へそを舌でいじられて腰が抜けそうになる。

「魁成さんっ」

焦れったそうな澪の声に微笑んで、魁成は澪を姫抱きでベッドへ運んだ。

天蓋がついた大きなベッドにふたりで倒れ込めば、その柔らかさと魁成の腕の力強さが澪を夢心地にする。肌を覆う一切のものを取り去られ、同じく取り去った肌が重なり、また感情が昂ぶる。

「魁成さん、好き……」

なんて心地のよい言葉なんだろう。身体の内側から喜びが湧き出してくる。とめどなく、あふれてあふれて、止められない。

胸のふくらみに喰い込ませながら、柔らかさをもてあそぶ指。白い歯列は、頂の硬さを確かめて甘噛みを繰り返す。甘くて熱い、熱した蜂蜜のようなとろりとしたものが流れ落ち、下半身にもどかしさを運んでいく。

「好き……」

肌が火照っていくのを感じるごとに、魁成への想いが高まっていく。もっと彼に触れてほしくて、もっと彼を感じたくて、はしたないくらい感情が彼を求めた。

「澪……澪」

愛しげに何度も名前を呼ぶ唇。背中を這い、腋から腕から、腰のくびれからお尻の円みまで。澪のすべてを感じようとするかのように彷徨う。

「すべてが愛しい。止まらない」

止められては困る。濡だって愛してほしくてたまらないのに。

うしろから情愛でいっぱいにされ、揺れ動く身体が歓喜する。官能が感情も理性も支配し、注ぎ込まれる刺激に酩酊していく。

「愛している」

囁かれる言葉にさえ快感を得る脳に愛しい人のことしか考えられなくされ、身体はひたすらに彼を求める。

高みへ引っ張り上げられ、法悦の果てを彷徨い安らいでは、またお互いの熱を交わし合う。

何度も何度も重ね合う肌。

お互いの気持ちを確かめ合うよう。この気持ちが本物であると、自分に確認させるかのように。

まさかこんなにも、彼を愛せるようになるなんて。

「魁成さん……」

鳥籠のような離れで彼に囚われ、いつの間にか心まで囚われてしまった。

初めて愛した人。初めて恋した人。

幸せ……。

蕩《とろ》けそうな至福を抱きしめて、澪は魁成と溶け合った。

その後、ふたりは本当にドイツデートを決行した。
ひとりで旅をした最高の思い出は、愛しい人と一緒に歩いた楽しい思い出に、塗り替えられてしまったのである。

エピローグ

　風薫る五月――とはよく言ったもので、五月の風には若葉の香りと、初夏の訪れを感じさせる香りがする。

　新しい季節が始まる期待。そんな清々しい季節に、不穏な空気は遠慮したい。

　だからというわけでもないが、小笠原商事を標的にした企業乗っ取りは、西園寺財閥の力で表沙汰にはされず、処理された。

　ひとつ間違えば国際問題だ。西園寺の人間を拉致したなどと広まれば事は大きくなる。余計な面倒はごめんだ。

　そんなものに構っている暇はない。なんといってもふたりは、結婚準備という大切なスケジュールで大忙しなのだ。

　結婚式は六月末の吉日に執り行われる。ほぼ一カ月後である。

　挙式披露宴の準備は、もちろん西園寺財閥が総力を上げて進める。それなので、魁成と澪は衣装を選んだりパーティーのメニューをチェックしたり、……さらに愛を深めたりするだけである。

「このティアラも素敵だけれど、魁成さんが気に入ったこちらのマリアヴェールもいいですよね」

休日の昼下がり。サンルームには眩しいくらいの陽射しが降り注いでいる。ソファに並んで座る魁成と澪は、ウエディングドレスの小物候補に目を通していた。

西園寺の母が薦めてくれたのは、頭に乗せていいものなのかと迷うくらい豪華なティアラだったのだが、魁成はアンティークレースで仕立てられたマリアヴェールが気に入ったらしい。

澪としては、正直迷う。義母と夫の板挟み、という意味で困るのではなく、本当にどちらも素敵だしドレスにも合うので甲乙つけがたいのである。

写真をみながら唸っていると、佳美が紅茶のお代わりを注ぎに来てくれた。彼女のエプロンをクイクイッと引っ張り、ひかえめに尋ねてみる。

「佳美さんは、どっちが似合うと思いますか」

一瞬沈黙した佳美だったが、「両方お似合いになりますよ」と卒のない答えを出して下がっていった。

「両方って言われてもなぁ」

小さく息を吐くと、魁成が喉の奥で笑っている。なんだかとてもおかしそうだ。

「どうしたんですか、魁成さん。わたしが迷っているのが、そんなに楽しいんですか」

ちょっと恨みがましい顔をする。頭を引き寄せられ、ひたいにキスをされた。

「違うよ。佳美を見ているとおかしくて」

「佳美さんですか？」

「ああやってクールに返すけど、志賀崎とかメイド仲間とかに『澪様が可愛らしくて可愛らしくて』って惚気《のろけ》ているらしいから」

笑うべきか照れるべきか。

ほぼ表情を見せない佳美が、実は感情表現が苦手なだけで澪をとても慕ってくれているとわかったのは、例の事件が片付いてドイツデートから戻った日だった。

『件の事件、ご無事で本当に安心いたしました。澪様になにかあったらどうしようかと、魁成様を恨みかけました』

感情表現が苦手なばかりに、笑いながら泣くという、魁成でさえ初めて見る姿を見せながら澪の無事を喜んでくれたのである。

それ以来、前以上に佳美に接しやすくなったので、澪としては嬉しい。

「そういえば、なんとなく思い出したんですけど、妹と母が、節約に目覚めたみたいで……」

唐突に思い出し、澪は重大事件かのように眉を寄せる。

「華湖はお小遣い帳アプリで手持ち現金をチェックしていて、お釣りの小銭を貯金箱に入れるのが最近のマイブームらしいです。母も必要のない洋服や装飾品は購入しなくなったようで、ウォークインクローゼットからあふれ返っていた物を片づけたり寄付したりしているそうです」

「ほう。やっと金銭というものの大切さがわかったというところかな」

「魁成さんのおかげですよ。家に規制を入れてくれたから」

実家に金銭的な制限を入れたのは、なにも困らせるためではない。決められた予算の中で生活を回すことを、少しは覚えさせる目的があった。

SOJフィナンシャルグループ、ひいては西園寺財閥の親族となるのだから、巷で揶揄されるほどの浪費家では困る。それこそ、佳美が言うところの「西園寺財閥の一員となることを肝に銘じてください」というやつだ。

「父も驚いていましたよ。今度はそれに驚いて倒れちゃいそう」

「お義父さん、式までには退院できそうでよかった」

「本当に」

嬉しさで自然と笑顔になる。あれだけ病んだ父も、もうすぐ退院だ。その後は少しずつ会社へ復帰するが、魁成の見解では滋への代替わりを早めるつもりらしい。

小笠原商事も生まれ変わる。すべてがよい方向へ進んでいる。

「魁成さんのおかげです」

魁成の肩に頭をもたげると、顎をさらわれ、彼の顔が近付いた。

「愛する人が幸せになるのはいいものだ」

唇が重なり、くすぐったそうに澪が問う。

「魁成さんは、幸せですか？」

「もちろん。澪がいるから」

「愛している人が幸せなら、わたしも幸せです」

あたたかな幸せの空間で、ふたりはまた唇を重ねた。

END

特別書き下ろし番外編

魁成が澪と結婚して、もうすぐ一年である。

ふたりはいつまでたっても新婚かのように仲がよく、西園寺魁成の愛妻家ぶりは微笑ましい美談として世間に浸透している。

そして、愛妻家、という言葉のレベルではないのを知っているのが、側近たちなのだ……。

「やはり、色違いでコバルトブルーも捨てがたかったな。しかしブルー系は三セット選んでしまった。いや、この際、もうひとつくらい増えてもよかったのでは」

リムジンでの移動中、後部ソファシートに深く腰かけ、腕を組んで魁成は苦悶の表情を浮かべる。そこに志賀崎から言葉の釘を刺された。

「他、ピンク系が五セット、グリーン系が三セット、パープル系が四セット、ホワイト系が三セット、ブラック系が二セット、計二十セット、十分です」

なにも見ずにサラッと答えられるところは、さすがは魁成の秘書兼付き人というべきか。

「それならもうひとつくらい増えてもよかった」

「ダメです。奥様から『お土産は二十個以上買わないこと』と釘を刺されているでしょう。私も、しっかりと魁成様を見張っているようにと、奥様からきつく仰せつかっております」

魁成は心の中で舌打ちをする。普通は気付かれない無作法だが、それを察してしまうのが志賀崎である。

「今、つまらない、とか思いましたね?」

「思った。すぐに察するな。文句も言えない」

「直接言葉でおっしゃってくれても、私は構いませんよ」

「おまえは構わなくても、澪が構うと言いたいのだろう」

「はい。その通りでございます」

釘を刺す時も突き放す時も常に笑顔の志賀崎。幼少期に世話役のひとりとして魁成についた男だが、昔から読めない男だった。

むしろ、このくらいでなければ何十年も魁成の専属ではいられないのだろうが。

魁成はハァッとため息をつく。

「澪は厳しいと思わないか、志賀崎。仕事で数日屋敷を離れた際の土産は二十個までなどと。店のひとつやふたつ買い占めて、すべてプレゼントしたいのに」

「……ご結婚して間もなくの頃、それを三度もやったから、奥様が警戒なさったのだと存じます」

「しなくていいのに。本当に、俺の妻は慎み深い」

再度大きく息を吐く。これは先ほどのため息とはちょっと違う、感歎の息だ。

さすがに志賀崎も「ちょっと違います」という顔をしたが、ここは無視しておこうと思う。

視察のためにフランスへ発ち、四日ほど屋敷を留守にした。日本へ戻り、もうすぐ屋敷へ到着する。

四日ぶりに愛しの妻に会える。魁成は嬉しくてたまらない。

（澪は土産を喜んでくれるだろうか）

澪に会えるのはもちろん、土産を渡した時の反応も楽しみのひとつだ。

いつも「ありがとうございます」と嬉しそうにしてくれる。時々「こんな高価なものをたくさん……」と戸惑うこともあるが、いやがってはいない。

ただ、選び切れなくてブランドショップの商品を丸ごと全部土産にした時は、わずかに柳眉が逆立った。

二度目はさらに上がり、三度目はさらに上がって無言になって……。〝お土産は二十個まで〟という制限が作られてしまったのである。

(怒った澪も、とても美しかった)

澪はどんな顔をしても可憐で美しい。なんならもう一度怒った顔が見たくて制限を破ってしまおうかと思うこともあるのだが、志賀崎に笑顔で止められる。

(志賀崎は、怒ると怖い)

本人には言わないが、魁成はそう思っている。

大人になってから叱られたことはないが、幼少のころに叱られて「怖い」と感じた記憶がよほど印象に残っているのだろう。

(しかし、コバルトブルーの水着は……やはり選べばよかったか)

未練が残る。買える制限が二十個とは、なんと厳しい約束なのか。

今回の土産は水着だ。それも、フランスの有名デザイナーのアトリエで直接選んだものである。

タイプはすべて、ビキニ。

肌の露出が多く、デザインによっては「布が少なすぎる」といわれるビキニタイプの水着は、おおよそ澪のイメージではない。

しかしこれには理由があるのだ。

結婚して一年。幾度となく澪の水着姿は堪能した。

プライベートビーチはもちろん、屋敷や別荘、宿泊先ホテルのプール。洋服とはまた違うその姿は、澪だと思えば清らかで神々しいことこの上ない。

魁成としては、俺の妻はどうしてこうも素晴らしいのかと、悦に入らずにはいられないほどなのだ。

澪が着ているのは、いつもワンピースタイプである。

似合っているし、デザインによってはリボンがついていたりフリルが大きめだったりと、非常にかわいらしい。

清楚で上品な妻の無邪気で可愛い少女のような女性らしさ、というのも、見ていて拝みたくなる感動だ。

だがある時、アメリカで通りがかった海岸を見て澪が呟いたのだ。

『ああいう水着、わたしでも着られるかな……』

視線の先には、ビキニ姿の女性のグループ。「きっと似合うよ」と言ったところ、聞かれたのが恥ずかしかったのか彼女は手を小さく振って遠慮した。

『無理です、無理です。お腹も胸も肌が出すぎだし。お腹壊しちゃう』

冷やさなければ大丈夫だよ。と言いたいところだったが、グッと我慢をした。おかしなことを言ってしまったと恥らう澪を眺めていたかったからだ。

しかしこの時、魁成の〝愛しい妻への土産リスト〟に、ビキニの水着が登録されたのである。

土産とはいえ、あらかじめ目的があってプレゼントするのなら気は抜けない。デザイナーを厳選し、デザインを確認したうえでアトリエを訪れた。

各デザイン、色違いで用意されていて、正直なところ全部購入したかったのだが志賀崎に止められ、泣く泣く二十点に絞ったのだ。

澪が驚く顔が目に浮かぶ。恥ずかしそうに微笑んで「ありがとうございます」と言ってくれることだろう。

言葉から表情まで想像できる。

(俺の妻は、本当に最高だ)

胸に手をあて、感動に浸る。そんな魁成を、志賀崎が笑顔で眺めていた。

屋敷へ戻って早々、魁成に衝撃が走った。

澪が、体調が悪くて部屋で休んでいるという。

魁成は夫婦の部屋へ急いだ。澪になにがあったのだろう。風邪だろうか。それとも頭痛がするのだろうか。それともなにかで指でも切って、にじんだ血を見て気分が悪くなったのだろうか。

なんにしろ、澪を苦しめるものは俺が許さない。その勢いで、魁成は部屋へ踏みこむ。

「澪!」

夫婦の部屋はふた間続きでベッドルームが別にある。そちらへ急ぐと、魁成の声を聞いた澪がベッドから身を起こすところだった。

「澪っ、起き上がらなくていいから。寝ていていい」

魁成は慌ててベッドに駆け寄り、起き上がろうとしていた澪を支える。しかし澪は、魁成の腕に掴まり身体を起こして彼に微笑みかけたのだ。

「おかえりなさい、魁成さん。お疲れ様でした」

「澪……」

胸がジンッとする。感動で涙が出そうだ。

体調が悪いというのに、仕事から戻った夫をねぎらうこの優しさ。

「お迎えに出られなくてごめんなさい。佳美さんに、魁成さんが戻るころに起こしてねって言っておいたのだけど……」

「そんなのはいい。佳美も、澪が心配だから起こしていないと言っていた。それでいいんだ」

澪を支えたままベッドに腰を下ろす。にこりと微笑んだ澪が、魁成の胸の中で子猫が懐くように頭を擦りつけた。

「魁成さん、帰ってきて嬉しい……」

(可愛い‼)

この衝動をどうしたらいい。澪が可愛くて可愛くて仕方がない。この勢いのまま、西園寺家の敷地内を一周できそうだ。——おそらく志賀崎に「死にたいんですか！」と怒られるのでやらないが。

「いつから体調が悪かったんだ？　パジャマに着替えて休んでいればよかったのに」

澪は普通にワンピース姿だ。もしや魁成が帰ってくるからと思って気を遣って身なりを整えていたのでは。

「午前中、ちょっと出かけていたのです。戻ってから休んだので」

「戻ってから体調が悪くなったのか？」

「なんとなくおかしいなと思ったのは、魁成さんがフランスへ発った日ですね」

「そんな前から？」

いったいどうしたのだろう。発つ前、澪に体調が悪そうな様子はなかった。今だって、顔色が悪いというわけでもない。

むしろ魁成に擦りついて、微笑んで、とても愛らしい。

魁成はハッとする。自分の思いつきに血の気が引いた。

最近、仕事で屋敷を空けることが多い。もしや澪は、魁成がいなくて寂しいあまり体調を崩したのでは。

（そんな……、わかってやれなくて、すまない！　澪！）

魁成は優しく澪の頭を撫でる。

「すまなかった。四日間もつらかっただろう。寂しい思いをさせた」

「大丈夫ですよ。いつもいつも具合が悪いわけではないんです。たまにだるくなるくらいなので。しばらくは続くかもしれないけれど、それなりに慣れていかないと」

「しばらくって。安心してくれ、しばらくは海外へ行く予定もないし」

「本当ですか？　二週間後に確認でもう一度病院へ行くのですが、一緒に行けるかもしれませんね」

「二週間後⁉」

魁成は思わず驚きの声をあげてしまった。二週間後とはなんだ。なんの確認なのだ。澪はいったい、なんの病気なのだろう。

「今日、魁成さんがお帰りになるから、予想通りだったらもらえるかなと思って、病院でお土産をもらってきましたよ」

「病院でお土産⁉」

驚き、再び。

よくわからなくなってきた。

二週間後に確認へ行かなくてはならないような病気らしいが、病院でもらえるものといえば診断書などの類ではないのか。

(なにか、重大な病気なのか?)

血の気が引くどころか、ふつふつと怒りが湧きそうになってくる。

(大切な澪を蝕むとは、とんでもない病魔だ! おのれ、どんな病気であろうと、西園寺財閥、西園寺魁成の名にかけて必ず完治させてみせる‼)

魁成の志気は激しく高まる。そんな彼の腕からするっと抜け出し、澪はベッドサイドテーブルからなにかを手に取った。

「これ、お土産です。どうぞ」

差し出されたものをキッと睨みつける。どんなことが書かれていようと、必ず澪を助けてみせる。しかし、差し出されたのは診断書の類ではない。

(写真？)

小さな写真。それもモノクロだ。

不審に思いつつそれを受け取り、眉を寄せた。

黒が混じった白っぽい背景。その中の黒い空間。白い影。

なんとなく見当がつくものの、どう言葉を出したらいいのかわからない。澪を見ると、彼女は恥ずかしそうに微笑んだ。

「二ヶ月目、六週らしいです。微かだけど、心音も確認できたらしいです」

言葉が出ない。

「二週間後の八週にもう一度大きさとかを確認をして、出産予定日を決めるそうですよ。そうそう、そうしたら、母子手帳をもらう手続きを……」

「澪っ」

魁成は身を乗り出し、澪を抱きしめる。

なんと言葉を出したらいいかわからない。

腹の底から喜びがあふれてくるのに、この気持ちをどう表したらいい。

「どうしよう、澪……」

「魁成さん？」

「澪を抱き上げて、笑いながらぐるぐる回りたい」

「やってもいいですよ」

「なにを言うっ、赤ん坊が驚くだろうっ」

慌てて真面目な顔で言うと、澪が噴き出した。

「もう、魁成さんらしくないですよ。そんなにうろたえて」

「そんなことを言ってもだなっ」

とはいえ、本当に、らしくない。

いつもの自分ではないようだ。こんなにも気持ちが揺さぶられるとは。それも澪の前でうろたえてしまうなんて。

「魁成さん」

澪が魁成に身体を寄せ、顔を覗きこむ。

「嬉しい、って、思ってくれますか？」

「当然だろう。今、嬉しくてたまらないんだ。けれど、どう表現するのが一番なのか、迷っている」

ふわっと澪が抱きついてくる。

「お腹の赤ちゃんごと、抱きしめてください。わたしも、嬉しくて堪らないけど、どう喜んだらいいのかよくわからないんです」

「澪」

魁成は澪を優しく抱きしめた。

「わたしのお土産、喜んでもらえました？」

「……最高のお土産だ。ありがとう」

手に持った写真を見つめ、澪を見つめ、魁成はこの瞬間の幸せを胸に刻んだ。

感動的な懐妊報告を受けた魁成ではあったが、ひとつ後悔が湧き上がる。

澪へのフランス土産がお預けになってしまったことだ。

しかし黙っているわけにもいかず、ビキニを二十着ほど購入したと告げたのだ。

すると、「それじゃあ、産後太りしないように気を付けて着ますよ、ビキニ。子どもを抱っこしたビキニ姿のママって、なんかカッコいいですね！」と張り切ってくれたのである。

嬉しい。もちろん嬉しかったのだが……。

（そんなカッコよくて素敵な澪を見たら、すぐふたり目ができそうだ）

などと思い悩んでしまった。が、それは澪には秘密である。

結婚一年目。

西園寺夫妻に、また新しい幸せが訪れる——。

END

あとがき

財閥御曹司シリーズ、第二弾を書かせていただきました、玉紀直です。

財閥御曹司。

いい響きですよね。「財閥」と聞いただけで「無敵」とか「最強」というイメージしかありません（私の勝手なイメージですが）。

同じ意味で、財閥総帥、の響きも好きです。

そんな最強イメージで書かせていただきましたヒーロー、西園寺魁成ですが、最初はクールなイケメンだったはずなのに、最後には「俺の嫁、最高！」と毎日叫んでいそうな溺愛ヒーローになってしまいました。

最終的にはいつもどおりだなぁ、と。

最初はクールで冷たかったりそっけなかったりしても、最終的にはヒロインにでろでろになってしまうのが、私が書くヒーローの定番です。

なんといっても「財閥」ですから。少々世間とは切り離された、浮世離れした雰囲気で書かせていただきました。

こういう雰囲気は大好きなので、非常に楽しかったです！

ありがとうございました！

担当様方、このお話を書かせてくださり、ありがとうございました！

財閥御曹司と没落令嬢、というお題をいただき、お嬢様属性がツボな私は大歓喜でした（笑）。

シリーズの表紙ご担当、白崎小夜先生。イラスト完成の際、ヒーローの色気にフラフラしました。まさしく陶磁器人形張りの美しいヒーローと素敵美人なヒロインを、ありがとうございました！

本作に関わってくださいました皆様、見守ってくれる家族や友人、そして、本書をお手に取ってくださりましたあなたに、心から感謝いたします。

ありがとうございました。またご縁がありますことを願って——。

幸せな物語が、少しでも皆様の癒しになれますように。

玉紀直《たまきなお》

玉紀直先生への
ファンレターのあて先

〒104-0031
東京都中央区京橋 1-3-1
八重洲口大栄ビル7F
スターツ出版株式会社　書籍編集部　気付

玉紀直先生

本書へのご意見をお聞かせください

お買い上げいただき、ありがとうございます。
今後の編集の参考にさせていただきますので、
アンケートにお答えいただければ幸いです。

下記URLまたはQRコードから
アンケートページへお入りください。
https://www.berrys-cafe.jp/static/etc/bb

ベリーズ文庫

冷血御曹司に
痺れるほど甘く抱かれる執愛婚
【財閥御曹司シリーズ西園寺家編】

2023年5月10日　初版第1刷発行

著　者　玉紀直
©Nao Tamaki 2023
発行人　菊地修一
デザイン　hive & co.,ltd.
校　正　株式会社文字工房燦光
編　集　工藤裟羅
発行所　スターツ出版株式会社
〒104-0031
東京都中央区京橋1-3-1　八重洲口大栄ビル7F
TEL　出版マーケティンググループ　03-6202-0386
(ご注文等に関するお問い合わせ)
URL　https://starts-pub.jp/
印刷所　大日本印刷株式会社

Printed in Japan

乱丁・落丁などの不良品はお取替えいたします。
上記出版マーケティンググループまでお問い合わせください。
定価はカバーに記載されています。

ISBN 978-4-8137-1426-2　C0193

ベリーズ文庫 2023年5月発売

『冷血御曹司に痺れるほど甘く抱かれる執愛婚【財閥御曹司シリーズ西園寺家編】』 玉紀直《たまきなお》・著

倒産寸前の企業の社長令嬢・澪は、ある日トラブルに巻き込まれそうになっていたところを、西園寺財閥の御曹司・魁成に助けられる。事情を知った彼は、澪に契約結婚を提案。家族を救うために愛のない結婚を決めた澪だが、強引ながらも甘い魁成の態度に心を乱されていき…。【財閥御曹司シリーズ】第二弾！

ISBN 978-4-8137-1426-2／定価715円（本体650円＋税10%）

『クールな救急医は囲い娶ったかりそめ妻に滾る溺愛を刻む【ドクター兄弟シリーズ】』 佐倉伊織《さくらいおり》・著

車に轢かれそうになっていた子どもを助け大ケガを負った和奏は、偶然その場に居合わせた救急医・皓河に助けられる。退院後、ひょんなことから和奏がストーカー被害に遭っていることを知った皓河は彼女を自宅に連れ帰り、契約結婚を提案してきて…!?　佐倉伊織による2カ月連続刊行シリーズ第一弾！

ISBN 978-4-8137-1427-9／定価726円（本体660円＋税10%）

『魅惑な副操縦士の固執求愛に抗えない』 水守恵蓮《みずもりえれん》・著

航空整備士をしている芽唯は仕事一筋で恋から遠ざかっていた。ある日友人に騙されていった合コンでどこかミステリアスなパイロット・愁生と出会い、酔った勢いでホテルへ…！さらに、芽唯の弱みを握った彼は「条件がある。俺の女になれ」と爆弾発言。以降、なぜか構ってくる彼に芽唯は翻弄されていき…。

ISBN 978-4-8137-1428-6／定価748円（本体680円＋税10%）

『エリート国際弁護士に愛されてますが、身ごもるわけにはいきません』 蓮美《はすみ》ちま・著

弁護士事務所を営む父から、エリート国際弁護士・大和との結婚を提案された瑠衣。自分との結婚など彼は断るだろうと思うも、大和は即日プロポーズ！　交際0日で跡継ぎ目的の結婚が決まり…!?　迎えた初夜、大和は愛しいものを扱うように瑠衣を甘く抱き尽くす。彼の予想外の溺愛に身も心も溶かされて…。

ISBN 978-4-8137-1429-3／定価726円（本体660円＋税10%）

『愛が溢れた御曹司は、再会したママと娘を一生かけて幸せにする』 田崎《たさき》くるみ・著

平凡女子の萌は、大企業の御曹司・遼生と結婚を前提に交際中。互いの親に猛反対されるも、認めてもらうため奮闘していた。しかし突然彼から一方的に別れを告げられ、その矢先に妊娠が発覚！　5年後、萌の前に遼生が現れて…!?　実はある理由で引き裂かれていたふたり。彼の底なしの愛に萌は包まれていき…。

ISBN 978-4-8137-1430-9／定価726円（本体660円＋税10%）

ベリーズ文庫 2023年6月発売予定

Now Printing

『【財閥御曹司シリーズ】第三弾』 滝井《たきい》みらん・著

誕生日に彼氏にふられて落ち込んでいた愛音。偶然居合わせた颯人に慰められ、甘い一夜を共にしてしまう。忘れようと思っていたら、姉の代役で出席したお見合いにいたのが勤め先の御曹司だった彼で!? 強引に愛音を婚約者にして同居をスタートさせた颯人。「必ず俺に惚れさせてみせる」と囲い愛でていき…!

ISBN 978-4-8137-1439-2／予価660円（本体600円＋税10%）

Now Printing

『一途な脳外科医は最愛の幼なじみと双子をあきらめない【ドクター兄弟シリーズ】』 佐倉伊織《さくらいおり》・著

新米ナースの初音は、幼なじみでエリート脳外科医の大河と同棲中。しかし、娘と大河を結婚させたい脳外科教授から彼と別れるよう脅される。断れば大河は脳外科医として働けなくなると知り姿を消すも、双子の妊娠が発覚し!? 3年後、再会した彼は初音と子どもたちに惜しみない愛を注ぎはじめて…。

ISBN 978-4-8137-1440-8／予価660円（本体600円＋税10%）

Now Printing

『タイトル未定(御曹司×契約結婚)』 未華空央《みはなそらお》・著

地味OLの里穂子は彼氏にふられて落ち込んでいた。住む場所も失い困っていると、大企業の御曹司・彰人に助けられ、彼の住み込み家政婦として働くことに。そんな中突然、彰人に離婚前提で妻になってほしいと頼まれて…!? 偽りの関係となるはずが、予想外な彼の溺愛に里穂子は身も心も溶かされていき…。

ISBN-978-4-8137-1441-5／予価660円（本体600円＋税10%）

Now Printing

『高潔なエリート外交官と、甘く狂おしい禁断の一夜』 宝月《ほうづき》なごみ・著

社長令嬢・美来は望まない政略結婚が決められていた。ある日、旅行先でトラブルに合っていたところを、エリート外交官・叶多に偶然再会し助けられる。冷酷な許嫁との結婚に絶望する美来の事情を知った叶多は、独占欲が限界突破。「きみは渡さない、誰にも」――熱い眼差しで、一途な愛を注がれて…!?

ISBN 978-4-8137-1442-2／予価660円（本体600円＋税10%）

Now Printing

『タイトル未定(御曹司×お見合い結婚)』 藍里《あいさと》まめ・著

ド真面目女子の成美は、母親がもらってきた見合い話をしぶしぶ承諾することに。写真も見せてもらえず当日を迎えると、相手は大企業の御曹司・朝陽だった。彼とは先日あるアクシデントで接触していた成美。まさかの再会に戸惑っていると、朝陽は「ずっと前から好きだ」と溺愛全開で結婚を迫ってきて…!?

ISBN 978-4-8137-1443-9／予価660円（本体600円＋税10%）

タイトル、価格等は変更になることがございますのでご了承ください。

ベリーズ文庫 2023年5月発売

『敵国王子の溺愛はイケメン四精霊が許さない!~加護持ち側妃は過保護に甘やかされています~』 友野《ともの》紅子《こうこ》・著

精霊使いの能力のせいで"呪われた王女"と呼ばれるエミリア。母国が戦争に負け、敵国王太子・ジークの側妃として嫁ぐことに。事実上の人質のはずが、なぜか予想に反した好待遇で迎えられる。しかもジークはエミリアを甘く溺愛！ジークを警戒した4人のイケメン精霊達は彼にイタズラを仕掛けてしまい…!?

ISBN 978-4-8137-1431-6／定価737円（本体670円＋税10%）